神童与录音机

林培源 著

北京出版集团公司
北京十月文艺出版社

新经典文化股份有限公司
www.readinglife.com
出 品

目录

白鸦	/ 1
邮差	/ 23
诞生	/ 53
秘密	/ 83
神童与录音机	/ 103
烧梦	/ 133
消失的父亲	/ 155
蜂巢	/ 177
金蝉	/ 213

Prodigy

×

Recorder

白鸦

父亲养了一只白色的"乌鸦"。说是"乌鸦"并不准确，因为它通身白，羽翼、项颈、脚趾皆白，眼睑也是白的，虹膜般透明。除了一对黑眼珠，它身上再无其他颜色。我们问，乌鸦不是黑色的吗？父亲抚着鸟笼，纠正道，是"白鸦"，不是乌鸦。乌鸦是披上黑色斗篷的丑陋鸟类，只有白鸦，才是独一无二的。此后父亲一再坚持，若不这样叫，鸦不成鸦，人不成人。

"白鸦非鸦"，后来父亲逢人便说，他有一只天底下最神奇的鸟。此前，父亲养过画眉、鹩哥、喜鹊、虎皮鹦鹉、芙蓉、相思……但没有一只鸟，似白鸦这般受父亲青睐。家中天台，既是父亲的领地，又是众鸟栖居之所。父亲侍弄它们，一刻未曾懈怠。清晨，笼中鸟尚未醒来，父亲已早早到了天台。天台有铁丝网围拢，如同巨大钟形罩。悬挂的鸟笼静止而肃穆。众鸟沉默时，它们不过一个个复刻的牢笼；待到鸟鸣起，翅翼振，这牢笼才形同虚设，活泛起来。父亲投喂小米、谷子和葵花籽，看众鸟争相啄食。鸟鸣声啁啾唧喳,婉转处有如天籁。父亲坐在天台的长条椅上,靠着椅背,沉浸于鸟鸣声汇聚而成的交响乐中,闭目聆听。

父亲是个鸟痴,他说人活一世,名利身外物,有寄托,才会有来世。他养鸟不为虚名,只为心静,甚至将鸟鸣声刻录下来,枕入梦中,不曾想,伴随他多年的失眠症竟也因此不治而愈。

这些年来,父亲奉行自己一套生存哲学,活得清醒而自在。只是谁也没料到,会有一只白鸦从远方飞来,如一枚音符凸起,扰乱父亲流水生活的韵律。

那年父亲随县城文联赴黄山采风。徽地入冬,严寒至极,生于南方的父亲在黄山脚下被缥缈云雾所吸引,不觉间脱离旅伴,独自从登山口攀缘而上。沿途山岚雾霭如梦幻,父亲看得如痴如醉。傍晚,天暗下来,索道关闭,山上游人渐稀。不闻跫音响,但见黑夜沉沉漫上来。雪片扑棱落到父亲头顶、眉梢,刺骨的冷爬上脊椎。父亲自知被困,上不易,下也难,只好探脚,一步步从半山往山脚下行。石阶上附粘冰雪,湿滑如镜面。父亲走几步,跌一跤。半米开外是深渊,只听得水流声忽远忽近,像一双看不见的手在召唤。跳下去,跳下去,有个声音在喊。父亲的心提到了嗓子眼,唯恐跌下悬崖就此丧命。他想着妻儿,想着远方的家,想着自己尚壮年的生命,戚戚然泪湿眼底。

越往下走,流水声越响,父亲凭着微弱光亮,判定几里开外应是村庄。灯火在黑夜深处摇曳、闪烁,它们穿过黑黢黢的树影与峭壁，向父亲发出持续的召唤。求生欲念鼓了起来，父亲恨不得飞奔而下，一头撞进人间怀抱。他不敢回头，怕千斤重的黑将脊背压断。这时，一阵窸窣声响起，墨黑夜色中，有微光两点，像烛照下的玻璃珠在跳。父亲以为出现了幻觉，他怔住，凝视那跳动的光斑，光是活的，在移动，下降，像有个看不见的人高擎一盏灯。

父亲激动得差点哭出来。他尾随细若蚊蝇的光，一步步往下探，每一脚都踏在湿滑的石阶上。咔嚓，咔嚓，鞋底摩擦冰面，像一把镰刀，将浓墨的黑拦腰截断。"人恐惧到极点，就不再恐惧了。"往后很多年，这次"命悬一线"的黄山行，以不同的变体一次又一次重现。父亲将这次劫难历险浓缩、锤炼成一枚图钉，锲进了岁月的缝隙间。

那个黑漆漆的雪夜，替父亲引路的，不是神明，不是鬼魂，而是一只通身雪白的乌鸦。父亲下山时，时间迟滞了，灌了铅一般，压得他头盖骨疼。父亲在盘桓而下的山道上踟蹰，手脚僵硬，生死未卜。踩到山脚最后一块山石时，父亲觉得大地在晃，头顶苍穹倒转。他扑通一声跪下来，亲吻了土地。

山脚下早已空无一人，雪花静静飘落。父亲看见黑黢黢夜色中，有只不知名的生物在盯着他，是它引着父亲一步步走完了艰难的逃生路。父亲感到害怕，想跑，却动弹不得。他屏住呼吸，怯怯地挪移身体，目光凑近时，发现那是一只鸟。凭借丰富的经验，父亲断定那是乌鸦无疑，严寒雪地里的乌鸦。他的意识已被冻得迷糊，恍惚间只以为雪覆了它的羽毛，再凝神细看，那只鸦分明是白的，白得耀眼。

父亲仿佛被雷电击中，以为撞见了乌鸦的魂，丢了魂的乌鸦，全身仅剩浅浅的白。那白色如晴天雪地上反照的日光，晃得他双目晕眩。

白色乌鸦沉默着，立在雪地中，与父亲对视。它的目光尖锐，清寒，仿佛不属于这个人世。父亲与它隔着一丈远，小心地靠近它。父亲以为它会就此飞走，孰料它扑棱了一下翅膀，栖上了父亲肩头。父亲不敢动，生怕惊扰了它。它的白色尖喙发出呜哇一声，父亲听懂了，它叫他走。他撑起僵直的身体，迈开步子跑了起来。

来到山下一间客栈歇脚，一碗热汤落肚，父亲方恢复些许人样。客栈老板说，下午有个旅行团丢了人，已经在景区派出所报案了，还不知死活啊。父亲呷一口汤，闷不作声。他就是那个丢了的人。他的手机没电了，无人联系得上他。他坐着，听别人谈论与他无关的生死。他已将恐惧抛在身后，更何况在鬼门关走过一遭，他带回了此生第一只白鸦。在灯火明亮的客栈，那只白鸦蜷在父亲棉衣里，安静得仿若不存在的物体。

父亲认定，这只白鸦是死神馈赠给他的礼物。

父亲归家，携一身徽地的烟尘。他从车站下车，径直朝家的方向走去。鸟笼覆一顶黑布，父亲一手提旅行袋，一手托鸟笼，像个归乡贤士，从黄山的雾霭中走来。假若有人在那天看见父亲，必将看到，凡是父亲行过之处，地上就落下一层白霜，白霜短暂落地，又短暂消融。

那天母亲半夜惊醒，隐隐不安，一早去北帝庙"卜杯"。交叉重叠的杯象显示，此卦不妙。母亲添了香油钱，失神落魄地退出北帝庙，一路上捂着脸，忍住没落泪。

她没想到父亲活着回来了，赶在凶相降临之前回来了。她接过父亲的行囊，捧住他的脸，捏一捏，瞧一瞧，惊叹道，你没死，没死就好！

父亲眉头皱着，眼神直勾勾扫过母亲说，乱讲。

母亲倒一碗炖好的黑豆猪骨汤，父亲咕噜喝下，擦擦嘴，说，我这辈子再也不上黄山了。

吃饱喝足，父亲手抚着一只罩着黑布的鸟笼。他说，我差一点死在山上。

我和母亲面面相觑，片刻之后，父亲讲起了他在黄山的历险。

讲到和白鸦的相遇，父亲的语速缓下来。他要努力消化那个神迹降临的瞬间，好让它一遍遍在心头夯实。见到白鸦发出的微光，父亲说，他的心就稳了。他的死期也因此被推远。父亲语调激越，说着说着，他按捺不住激动，站起身揭开了黑布。黑布褪去时，我们见到了这只传说中的白鸦。它立于笼中，爪子抓住细长竹条，眸子晶亮。我被它浑身的白惊到了，白色从每一片羽毛中冒出来，我甚至怀疑，它的骨肉和内脏也是白的。

白鸦不怕生，一对透明眼睑眨了眨，神态自若。母亲晃晃脑袋，离得远远的；我凑近去，闻到它满身的清冷。父亲说，没有这只鸦，就没有我（仿佛白鸦是他的再生父母）。出乎我和母亲意料的是，父亲突然跪下来，朝着白鸦拜了三拜。这个突兀的拜鸦仪式如此隆重，把母亲吓了一跳。我也从未见父亲这样虔诚过，他平日连家中灶王爷也懒得祭拜。我站在父亲背后，视线与白鸦触碰，它在看我，而我却慌张地偏转头，生怕被它白色的目光灼透。

父亲养了只"白鸦"的消息不胫而走，凡有耳闻的人都想一睹其真容。父亲不轻易将白鸦示人——这和他后来的做法不同，后来的他见人便炫耀，他养了只天底下最神奇的鸟。

起初，父亲将白鸦栖居的笼子悬在房中。父亲不希望它与天台的众鸟为伍。母亲不赞同，她说房间是用来住人的，怎么可以养这么一只怪鸟？母亲的话冒犯了父亲，更准确地说，是冒犯了那只白鸦。父亲执意将它养在房中，几句争执不下，母亲只好妥协了。但她提出一个条件，夜间须用黑布将鸟笼罩起来。不知为何，自从白鸦进家门，母亲便时常皱眉头，她隐约预见白鸦会给这个家带来什么，究竟是什么，母亲说不出来，我也说不出来。

如此过了几日，有天夜里，我被一阵吵闹惊醒。隔着墙壁，我听见母亲在说话。母亲的声音说，它在看我。父亲的声音答道，荒唐！我已经用黑布罩住了，它看不见你。母亲的声音重复道，它在看我，我就是看到它在看我了，隔着布也能看到。父亲不耐烦地呵斥道，你放屁！母亲顶了一句，你才放屁！

事实上他们的争吵并不激烈，只因四下阒寂，即便各自压低了嗓音，对话内容还是清晰地穿墙而来。我躲在被窝中不敢妄动，暗自期待争吵声变小，直至歇停，就像他们以往的许多次争吵那样。可是这次，母亲执拗得像头拉不回的牛。我听见她咬牙切齿地威胁道，好，你不听是吧？那我搬去客厅睡！接着传来一阵窸窣响动，那是母亲在收拾被褥和枕头。

我以为母亲真的睡到了客厅里，孰知她这样做，不过是在虚张声势。最终在白鸦与母亲之间，父亲选择了母亲。

隔天清早起床时，父亲正提着鸟笼爬上楼梯。我跟着他上天台。父亲问，你来做什么。我说，我想看乌鸦。父亲纠正道，不是乌鸦，是白鸦。我讪讪说，知道了，是白鸦，不是乌鸦。父亲打开铁锁，推门进去，身影隐没在一层薄薄的晨曦中。

二月春寒，我裹一件棉衣，坐到长木椅上。平日若无父亲允许，谁也不准上天台，天台是家中禁区，那里的圆顶和生锈的铁丝网，让我想起电视上看到的关人的监狱。

父亲揭开黑布，动作轻得像个魔术师。然而他的魔术并没有变出来什么，光线射进笼中，还是那只鸦，还是一身白，它被光线挑开眼，好像光线是针尖。白昼的日照下，它的羽翅更白了，比白鸽还白，可它分明不是鸽子，而是一只鸦。我听见空气涟漪一般荡漾开来。天台上其他鸟受到了惊吓，原来白鸦的到来，引起了众鸟不安：它们有的扑扇翅膀，发出尖厉鸣叫，有的使劲啄着鸟笼的竹条。我不得不捂上耳朵。父亲这次没有听见天籁,而是听见了一阵混乱。所有的鸟都在发出抗议:"请它出去,出去!"它们一遍遍惊叫,叫声骇人,惊扰了四邻。我听见邻居打开窗户骂道:"死人啊,一早吵吵吵!"

父亲愣在原地,看众鸟发怒。这些平日熟悉的鸟,忽地变了脾性。白鸦的不受待见有损父亲的颜面,他的脸色沉下来。他大概从未想过,鸟类中也存在"排斥"这一现象。这些鸟为什么就不喜欢这个外来者?我问父亲,它们怎么了?父亲摆摆手说,没什么,下去,下去。说罢,他怅然地提起鸟笼,锁门,走下楼梯。我停在楼梯口回望天台。经过一番吵闹,众鸟已经恢复了原样。它们成功地赶跑了外来者,也许此刻正待在各自的笼里欢庆胜利——可是,这到底是谁的胜利呢?

自此,父亲再也不让白鸦上天台。尽管位居一楼,它的待遇却比天台那些鸟要好。父亲给它投喂蝗虫、蝼蛄和金龟甲,每日清鸟笼,悉心照料。乌鸦本是集群性鸟类,栖于林缘或山崖,到旷野挖啄食物,喜腐食,性凶悍,常掠食水禽、涉禽巢内的卵和雏鸟。但这只白鸦却温驯得像个隐士。父亲将多年的养鸟经验倾注于白鸦身上,他在鸟笼中筑了个鸦巢,巢呈盆状,内壁衬以细枝、草茎、棉麻纤维和羽毛等。母亲讥讽他,怎不见你对儿子这么上心?父亲沉思一下,慢悠悠说,鸦是鸦,人是人,不一样的。

父亲养了只白鸦的消息传开了,镇上和县城的鸟友,隔三岔五便相邀来赏鸦。不管白天黑夜,下雨晴天,他们不请自来,成功将我家变成了动物园。

那天，有人怀疑白鸦的真假，这个腆着大肚子的老先生（他是父亲的忘年交）说，找专业人士验验吧，说不定是基因突变呢。他的话透出一股酸溜溜的味道。父亲辩驳道，什么基因不基因的，白鸦就是白鸦，怎么会假？旁人附和，乌鸦也有白色的，不信你去查下。父亲急红了脸，他觉得这群人什么都不懂。他们的对话发生在茶几旁（经过母亲的反对和众鸟的排斥之后，父亲另辟一室专养白鸦，客人上门，才将其移至客厅）。众人边喝茶边闲谈，白鸦丝毫不在意旁人的质疑，它在笼中兀自冥思，踱步，啄食。父亲时不时朝白鸦瞥上一眼，好像只要一刻不注意，它就会倏地从笼里消失。

除了若干异见分子，大部分人都惊叹于白鸦的罕见和神奇。他们的吹捧和称赞，极大地满足了父亲的虚荣心。从前父亲是个孤独的养鸟人，他养鸟，更像自娱自乐。自从有了白鸦，他清寂的世界发生了变化，也一天天热闹起来：久未谋面的旧交来了，素不相识的"朋友"也来了。他们见过白鸦，就如中了蛊一般，逢人便道，白鸦如何如何。在他们的描述中，白鸦越来越玄乎，已非凡间鸟雀可比。那时镇上人家流行养赛鸽，一养就是一棚。养赛鸽目的只一个：参赛，拿奖，最终奔着丰厚的奖金去。有人劝父亲养赛鸽，父亲却不屑此等营生。他说，这不是养鸟人该干的事。现在，父亲的固执有了回报，事实证明，他的清高终究是值得的，这只独一无二的白鸦，比金银珠宝还珍贵。父亲得意于此,越来越笃信,这一只白鸦,终有一天会给他的生命增添无法比拟的光辉。然而,时日长久,有种隐忧逐渐袭上了父亲的心头:如果白鸦死了,岂不什么也没有了?这个隐忧一天天发酵,折腾着我可怜的父亲。他对白鸦寿命的担忧,远远超过了对世上其他生物的担忧。

父亲相信,白鸦推迟了他的死亡,也必定能延长自己的寿命。

直到几年后另一件事发生,父亲才确信,白鸦是不死的,它是一只永生鸟。

那年热月①,天高气躁,碾米房半夜起火了。火势凶猛,黑烟腾腾从低矮处往上冒。我家与碾米房只隔几步。火舌舔过沥青棚屋顶往周边蔓去,烧了杂货铺,又奔袭另一户人家。众街坊提水的提水,扑火的扑火。大火烧燎的哔啵声,梁柱倒塌的轰隆声,叫喊声,脚步声,充斥着整条街道。折腾一宿,火势才减弱下来,直至寂灭。烟灰撒了半条街,青石板染黑了,碾米房被毁了大半,一袋袋稻谷烧作炭灰。守夜的伙计踉跄逃出,蹲在路边,哭哭啼啼像个乞丐。大火惊醒了四邻,只有我们家如往常一般沉睡。隔天,邻居想起来,以为我们一家人被浓烟呛死了,他们急煎煎拍响了我家铁门。母亲起身去应门。邻居见到母亲,一脸诧异:昨夜大火,你不知道?母亲疑惑地朝门外看,废墟般的街道将她拖入可怖的火灾现场。她瞠目结舌,接

---

①潮汕方言,热月指夏季,冷月指冬季。

着跫回房里摇醒了父亲。

片刻后，白鸦澄澈的眸子映出父亲褪得煞白的脸，见到白鸦无恙，他悬着的心才落了地，可是很快，另一股不祥的预感又奔涌过来。父亲三步并作两步跑到天台。眼前的景象如同不可思议的梦境。父亲揉揉眼，以为看到的是幻觉——笼内众鸟毫发无损，一切如常，仿佛昨夜的大火只是一场梦幻。父亲松了一口气，眼底闪着泪，念道："老天保佑，老天保佑。"

父亲站在天台朝下望去，街道已经换了面目：碾米房塌了一角，街道像被轰炸过，厝边头尾①的人抢救了财物，街上站满了人。父亲觉得奇怪，这么大的火，为什么昨晚他竟毫不知情？他无法想象灾难的发生，只能由灾难的后果往前推。他在冥想中见到火光冲天，一只无形的钟罩悬于天台上，隔绝了火舌，也将毁灭的恐惧挡在几米开外。

尽管大火已遭扑灭，空气中仍弥漫着浓烈的烧焦味。

父亲打了个响亮的喷嚏，想不通原因的他只好将这一切归功于神袛。

下楼后，父亲捻上三支香，跪在白鸦笼前拜了又拜。母亲一脸惶惑，她无法分辨火灾和白鸦之间神秘的关联，然而，在父亲的三令五申下，她还是跪了下来。这是父亲第二次将白鸦当作神。我遵照父亲的仪式，朝白鸦叩首。抬起头时，我撞见

---

① 潮汕方言，相当于街坊邻居。"厝"指居住的房子。

了白鸦清寒的目光,那目光里有什么是我猜不透的,好像不管世界发生什么,不管人世如何残酷,这只白鸦都会一如既往。

仪式结束后,父亲说:"听着,没有它,我们早烧成灰了。"父亲还说,我们的命是靠白鸦捡回来的,从今以后,要善待它。母亲没有回应,她还沉浸在对火灾的恐惧中,她不明白,平日不信鬼神的父亲,为何一夜之间变得比她还迷信?这些年来,母亲敬畏神佛,也常到后山尼姑庵内添香油钱,听师傅诵经,吃斋菜,诚心礼佛。只要能保平安,母亲连算命先生和落神婆的话也奉若圭臬,可她从来不曾拜过什么白鸦。

火灾过去好多天,烧毁的房屋清空,该赔的也赔了。伤疤愈合了,生活还在继续,只是谁也没想到,这条街再也回不到原样了。谁也不知道,为什么火灾过后,更大的灾难会紧随而来。

开始时,那股气味很轻,但随着温度日渐升高,气味越发浓重,恼人的烧焦味被风一吹,渗进了空气,又钻到屋里。我们都以为,气味一定会褪散的,就像生活仍将继续。邻居们整日关了门窗,有人在门口喷洒空气清新剂,然而烧焦味就像生了根,再多的措施也拿它没辙。父亲从卫生站买回一箱口罩,分发给四邻。从此,整条街的住户,进进出出戴口罩,人与人见面打招呼,声音是含糊的,像一卷失真的录音带。

气味持续了二十一天。第二十二天,有人在街上撞见一只死鸟,一开始并没在意,便一脚将它踢进阴沟;第二天,又有人见到死鸟,那只鸟扑棱几下翅膀,像陨石那样安静地落下;

第三天，疾飞的鸟撞上一户人家的玻璃窗，掉下来，死了。死鸟与活鸟差别不大，唯一的区别是，死鸟再也飞不起来了。越来越多的鸟死在街上，落于屋顶，它们冰雹般笃笃地敲打着地面。这件事引起了街坊邻里的警惕，大家每天走路，打伞的打伞，戴帽的戴帽，唯恐被随时坠亡的鸟砸伤。第四十九天，街上一个孤寡老人发烧，被邻居送去卫生院打吊针，一夜高烧之后，忽然殁了。老人的死讯在镇上迅速传开，一夜之间，镇上换了一副面貌。"禽流感"——不知谁第一时间想到这个令人恐惧的词——一传十，十传百，很快，各种小道消息铺天盖地。联想到此前经久未散的烧焦气味，镇上的人终于意识到这件事的严重了，恐慌情绪如同洪水泛滥，蔓延得比疫情还快。

当天，市里的检验检疫局派了个检疫员下来。检疫员沿街勘察鸟尸，又环顾四周，最后他问街坊，你们附近可有人养鸟？

父亲早就预感到了什么。他所在的单位下发了通知，这段特殊时期全员轮休，父亲只好待在家中。他不愿承认鸟是气味的来源，也不愿承认，鸟是气味的受害者。街头巷尾一片死寂，小孩子不准上街，只好趴在窗户往外看。越来越多的鸟坠死下来，无人敢捡，只好任由它们腐烂。远远看去，街道像长了密密麻麻的肿瘤。因为这件事，我们家也笼罩在一片阴影中。学校给所有学生都放了假，我的生活突然间陷入了空白期。母亲每天除了上街买菜，大部分时间都窝在家里，她和父亲一样，一天比一天焦虑。父亲扯了一匹巨大的遮光网，将天台罩起来；他怕众鸟被感染,又在供鸟饮用的水中掺上维生素和葡萄糖——这都是些无奈之举。母亲在家中,焚香祭拜灶王爷,叩首祷告平安。

然而忧惧还是侵扰了这个家,母亲问父亲怎么办,父亲眉头紧皱,摇摇头,不说话。

检疫员上门时,父亲正喂完白鸦。他瞅见黑压压一片人影移过来。随检疫员一起的,还有一群戴口罩的邻居。有人喊,鸟先生,出来啊!——"鸟先生"是街上住户为父亲取的"雅号",但此时听起来更像是一句辱骂。父亲知道,该来的终究还是来了,他铁青着脸迎出门来,见到众人,他冷冷问了句"什么事"。

检疫员说,有群众举报你家养鸟,为防止疫情传染,请你尽快捕杀。

父亲说,有什么证据?

有人举起手臂,高声说道,鸟先生,我们就是证据,死人就是证据。

检疫员说,你要是下不了手,我们帮你。

众人附和道,对对,我们帮你!

说话间,围堵在我家门口的人,有的撸起了袖子,有的挤在门槛,还有的伸长了脖子,仿佛想一窥究竟,看看父亲养的那些鸟都在哪里。我和母亲从未见过这种阵势。这群人像是上门寻衅的仇家。我吓得身子哆嗦,母亲搂住我,紧紧握住我的手,叫我不用怕。我听着门口乱糟糟的说话声,那种被什么东西扼住喉咙的感觉涌了过来。戴上口罩的邻居,声音与面貌都走样了。

母亲分辨不出他们谁是谁。他们带来一股凶猛的潮水,顷刻间要将这个家淹没。

父亲用他纤瘦的躯体阻挡众人的敌意。

我听见他说,给我一点时间。

检疫员质问,人命要紧,还是鸟命要紧?

这时,人群中有人高喊:你算什么东西,我们不要你的口罩!这话像是导火索,引燃了新一轮的怒火。声讨一浪盖过一浪。死去的鸟和白色口罩,这毫无关系的两者被人强行扭在了一起。我的父亲一辈子不作恶,现在竟然成为众矢之的。他们辱骂父亲时,我感觉自己的胸口也在隐隐作痛。父亲从未想到,这些平时疏于走动的街坊,此刻竟会变换一副冰冷的脸孔,他们令父亲想起了很多年前戴着红袖章的人。他往后退几步,站住了。有人摘下口罩,扔向父亲,接着,更多的人将口罩摘下来,朝同一方向扔去。白色口罩一巴掌接一巴掌,捆在父亲脸上,捆得母亲看不下去,站起来冲到门口,指着众人直骂。

母亲的骂声和别人的骂声混在一起,平素与人为善的母亲,此刻像发了疯一样。堵在门口的人差一点将我家门槛踩烂,场面一时陷入了混乱。

父亲拉住母亲,大吼道,够了!走开,走开,我杀给你们看!

父亲的话喝住了众人。

我看见一片人影逐渐撤退。父亲由门口折回,他沿着楼梯一步步登上去,每走一步,都似踩在刀尖上。母亲捧住脸在哭,有人劝慰道,杀几只鸟嘛,莫伤心!母亲不语。我知道她伤心不是因为这个,她伤心是因为其他。天台的鸟躲过了天灾,却躲不过人祸。父亲也未曾想到,他有一天竟要亲手杀死这群鸟。这个念头将他浑身的气力抽掉了大半。他闷不作声,只是一笼接一笼,从天台往楼下搬。这个过程如此漫长,父亲的身体像是被什么控制住了。我不知道父亲在想什么,他只是机械地重复同一个动作,每提下一笼,他的心就像割下一块肉。

这条街上的人,从未见过种类如此繁多的鸟。他们知道父亲善于养鸟,却不知道鸟对父亲意味着什么。现在,他们终于开了眼界。父亲将他这辈子所养的鸟,一笼又一笼搬到街上,搬完一笼,他站着,歇一下,再继续搬。邻居的小孩兴奋地冲出来,又被大人揪住衣领拎回家。几十只鸟笼一字排开,像一次声势浩大的展览。摘下口罩的人,此刻都捏着鼻子,生怕被鸟笼发出的气味感染致死。

父亲提完鸟笼,累得直喘气。他站在烈日下,面对着一排即将变作坟冢的鸟笼。汗水从额头滴下,落至路面,又被暑气蒸干。

笼中鸟也预感到了死亡的来临,它们同时扯开嗓子嘶叫,叫声刺痛了耳膜,也刺痛了神经。父亲再一次听见了混乱,这次的混乱不同以往,父亲知道,混乱过后,即是死亡。

母亲无力阻挡,她知道一切努力都是白费。她不让我出门,我只好趴在窗户看。日头毒辣,路面反照着耀眼的光。我看见检疫员叉起腰指指点点，有人背着手走开了，有人离得远远的，还有的人撑了伞静立观看。

天气闷热得像一个蒸笼。黑云从天边涌过来，眼看着一场大雨就要来了。检疫员催促道，可以开始了。众人也重复道，可以开始了。父亲看看他们，又看看鸟笼。他犹豫着，仿佛现在所面临的每一秒钟都是煎熬。空气中笼罩着一股肃杀的气息。父亲闷着头，一句话也不说。我趴在窗玻璃上，看不到父亲的脸，只看见他的身影。父亲哭了吗？我不知道。玻璃外面的世界，动作是静默的，连杀戮也都静默。父亲半跪着，打开一只鸟笼，手缓缓伸进去，好像即将碰触一块烫手的冰。此刻父亲身边的人，面目看起来都模糊不已，只有父亲的身影和动作在我眼中无限放大。我看到父亲抓起一只鸟，捏住，再抓一只，再捏住。父亲的画眉、喜鹊、鹩哥、鹦鹉、芙蓉、相思……一只接一只，从他手中断了性命。濒死的鸟张开尖喙，发出凄厉的啼叫，它们的脖颈脆弱如同草梗。隔着窗户，我听见一阵又一阵清脆的折断声。咔嚓，咔嚓，死去的鸟，使其他将死的鸟受到惊吓。众鸟在笼内逃窜跳跃，不停啄父亲的手，疼得父亲不断缩回来，又不断伸进去。

它们曾经的主人，如今做了刽子手。

我从未见过鸟类以这样的方式死亡，有的甚至来不及嘶鸣，小小的尸首就摊在了笼内。日光照耀着它们的羽翼，像一块块死去的鲜艳布匹。嘈杂的鸟叫充斥了整条街，像一场来自地狱的嚎叫。我捂住眼，又睁开。鸟鸣声越来越孱弱了，有人不忍看下去，摇着头走开。只有那个检疫员还在那里，父亲每杀一笼鸟，他就蹲下来检查一遍。父亲杀得越多，他蹲下的次数越多。

时间如黏稠的糨糊，裹住父亲，凝结鸟的尸体。

终于，剩最后一笼鸟了。

父亲瘫痪了一般，跪在炽热的路边大口喘气。他抬头望一眼，又望一眼，目光扫过鸟笼，停住了。前一秒这些鸟还好好的，这一秒，却只剩余一堆冰冷的尸首。他竟然亲手捏死了这么多心爱的鸟！父亲不知道一切是怎么发生的，也不知道一切是怎么结束的。他失声哭起来，这是我第一次听见父亲哭，他的哭泣听起来仿佛众鸟的悲鸣。谁也不知道，父亲以这样悲怆的方式在护着什么。在恸哭中，父亲抬手，结束了最后一轮屠杀行动。

空气中弥散着一股难闻的气味。检疫员拎了一只麻袋，将死去的鸟装好。父亲从杀戮中停下来，他的四肢早已僵直，湿透的汗衫紧贴在背上。这一切，使他看上去就像一个刚从战场归来的将士。他的双手沾了太多罪恶，亟需得到清洗。他不敢看死去的鸟，也不知道接下来该做什么。他拖着沉重的步伐，朝家门口走来。母亲沉默着，从水缸里舀了一瓢水给父亲洗手。父亲蹲下，任水哗啦啦浇下。洗着洗着，他忍不住，呜哇一声吐出来。母亲知道一切即将结束，她轻拍父亲的背，父亲趴在水沟旁，吐得肠胃翻滚，眼泪和呕吐物搅成了一块。

街上只剩下一排空空的鸟笼了，它们是精致的竹制的坟冢。

蹲在水沟旁的父亲，眼睛是红的，脸颊也是红的。在一片嘈杂声中，父亲出现了幻听。那个陌生的声音浮上来了，幽幽的，钻到父亲耳中。父亲想起了他的黄山之行，想起雪夜里救他一命的白色乌鸦。他的身体剧烈地抽搐着。他知道，他所犯下的罪最后指向何方。只要再坚持片刻，片刻就好了，待检疫员离去，一切都会恢复正常。父亲这样想着，却不知有什么东西正在靠近。他吞了一口唾沫。这次他听清了，那个陌生的声音说：还没完呢！还有一只！

父亲的心提到嗓子眼。空气裂帛般撕开了。

检疫员停下来，父亲也停下来。检疫员停下来，是因为捕杀并未结束；父亲停下来，是希望捕杀不要开始。是啊，还有一只。父亲从疲累中恍过神来，他不知从哪里拾回力气，顾不上擦净黏腻的秽物，站起身便冲进屋里。那是他最后一块心头肉。他要赶在死神降临前带走它。检疫员的动作比父亲慢，他像一堵墙横在了门口。父亲背对我们，面朝着检疫员。他已经无路可退了，我看到他的背影在颤抖。这是我从未见过的父亲。他全身的肌肉都紧绷着。他往后退了一步，站住了。空气中只剩下沉重的呼吸声。再一次，父亲以单薄的身躯抵挡愤怒的潮水。检疫员与父亲对峙着，他的目光越过父亲的目光，投向前方，在他无法抵达的深处，传来一声凄厉的嘶鸣。闻到风声的街坊，重新聚拢在家门前。他们知道，还有最后一个幸存者，他们想知道，最后一个幸存者葬身何方。时间以停滞的方式在流动。

在父亲转身时，一道白光闪过，利箭一般射向远方。白光照亮了晦暗的房间，也灼伤了所有人的眼。在白光飞逝的地方，我的父亲站立成一桩盐柱，他的瞳孔中，映出一只空鸟笼。

邮差

1

邮差醒来时发现自己躺在一堆石灰旁,他的左边是堵矮墙,右边是只邮包,邮包翻落在地,一摞邮件和报纸被雨水淋皱。邮差的手动不了,瘸了的那只脚也动不了。他睁开眼,雨水滴落到脸上。他动了动嘴,喉咙和鼻腔涌进来一股燥热的味道。石灰在烧,像火舌舔舐着他的皮肤,从指甲到手臂,一点点蔓延。奇怪的是,他感觉不到一点疼。

邮差躺的地方是一块斜坡,斜坡连着公路,距离路基大概四五米。他看不到那辆漆绿色的自行车,只闻到皮肤烧焦的味道,没有血(也许凝固了,也许渗到了沙里)。他像一截被人砍倒的树墩,横陈在斜坡上。他试着爬起来,身体却使不上劲。矮墙和斜坡形成夹角,如一具天然灵柩。耳边响过汽车驰在路面的声音,他想,还有邮件没送,这可怎么办?

这时,他听见一个孩子在喊,那边有个人!接着,另一个孩子问,他摔倒了吗?邮差动弹不了,没法看清孩子长什么样,只能凭着说话声来判断：其中一个孩子正处于变声期，嗓子嘶哑，呱呱呱的像鸭叫；另一个说话软软的，像个女孩子。邮差想喊"救命"，喉咙却堵住了发不出声音。他成了哑巴，从前大嗓门的邮差现在成了个哑巴。

孩子从斜坡上走过来，朝着邮差躺的地方一步步靠近。

嗓子像鸭叫的孩子说，他是不是死了？

另一个声音答，不会吧？

嗓子像鸭叫的孩子说，你过去看看。

对方说，不去。

你去，弹珠就归你。

沉默一阵，另一个声音犹豫道，去就去！

邮差察觉到松软的石灰滑落下来，石灰将孩子说话的声音吸进去了。他想，要是再不爬起来，身体就要烂了，他会像石灰一样被人抹到墙上。

孩子不知从哪里找来一根木棍，他拿着木棍捅过去，木棍的一端穿过撒落的石灰，顶在邮差手臂上。邮差血管中流动的液体阻断了，他感到有什么东西从身体里渗出来，染湿了雪白的石灰。石灰在冒烟，孩子吓得扔掉木棍，拔腿跑开。孩子发出的叫声撕开沉闷的空气，他们都被吓坏了，两人一前一后，朝着倾斜的路基往上爬。

孩子奔跑的声音渐渐远去了，邮差的身体变轻了，轻得像一根羽毛。血液混着石灰，沿着斜坡的纹路向下流。邮差闻到泥土的腥味，蚯蚓在他身下蠕动着，它们钻透土壤，贪婪地吸食从他身上淌出来的血。邮差成了一只血袋，血袋破开一道口。邮差悲哀地想，这一回，我真的要死了。

　　石灰厂的工人发现了邮差。负责烧石灰的那个蹲下来，小心地伸出手探一探邮差的鼻息，他分辨不出那是体温还是石灰的热度。他惊恐不安地想，这个人会不会死了？过了片刻，他跑去叫来另一个工人。两人惴惴不安地走来，低声说着什么，站定之后，不敢再靠近半步。最先发现邮差的工人掏出手机报了警。过了不久，邮差出事的消息就在乡里传开了，附近的人从不同方向赶来。胆子大的凑近去看，胆子小的，就站在路基上好奇地观望。

　　邮差感知到雨后空气的湿度，他的脸擦伤了，凝结起来的血块呈紫色，看起来就像溃烂的玫瑰花瓣。石灰撒落在他身上，斑斑点点的，制服上被血染到的地方颜色很深，好像刚在水里浸泡过。

　　下过雨的斜坡是潮湿的，他的手掌沾着泥土。嘈杂的说话声从四面八方涌进来，灌进他的耳朵，但他听不见人们在说什么。一块乌云遮住了天空，投下淡薄的阴影。这时，奇怪的事情发生了，邮差发现自己可以动了。他伸直手脚，尝试站起来。他的视线由平行的，慢慢变成直立的。就像分解动作那样，他先坐直身板，再调整身体的角度，借助双臂的支撑力，像个刚刚学步的婴孩那样，使劲撑住地面，用完好的那只脚先稳定重心，另一只脚抬起来，身子晃了晃，终于费尽力气站住了。这个动作几乎耗尽他的气力，他大口地喘息，石灰的味道始终萦绕在旁。他惶惑地朝周围看了看，除了一张张模糊的面孔之外，世界和他倒下之前没有什么区别。他拍拍制服上的灰尘，像往常一样，整理衣领，捡起地上的邮包，将一摞信件和报纸装好。

此刻他迈开步子，朝斜坡上端爬。他患过小儿麻痹症，左脚是"坏"的，脚掌歪向左侧，比右脚脚掌短了一截。走起路来，一脚高一脚低。他长得偏瘦，如此一来，看上去就像个上下滑动的活塞。奇怪的是，这丝毫不影响他骑车，除了上车要费点劲外，一旦双脚踩到脚踏板，他就运动自如了。邮差因此喜欢骑车，只有骑车送邮件时，他与"正常人"之间才不会有太大差别。

他爬上路基。身后的石灰厂，此刻看起来了无生气。他从未在这个角度观察过石灰厂。他刚刚躺着的地方，露出的沙土是黑色的，看起来像道赫然揭开的疮疤。他的眼睛突然一阵刺痛，有液体流下来。邮差不知道自己是哭了，还是被石灰熏的。他回过头朝下望去。围在那里的人背影臃肿，面目模糊。日头从云层后面钻出来，日光落在石灰厂，围观的人笼罩在灰色的烟雾中，蒙了一层白纱。邮差看见自己躺在地上，遭众人围观。他揉了揉眼，没错，是他，他还躺在那里。这个场景令人惊骇，他皱了皱眉头想，我好像已经死了，可是我还能动，或许我没有死。

这个困惑谜一样将他绕住了。人死了,怕是不可能有思维和意识的,他凭什么来判断呢?如果他已经死了,就不可能"知道"自己的死。死了就是没了,没了的东西总归是看不见的,想到这里,邮差感到万分沮丧。他凭着惯性,从路基上抬起那辆自行车,轮胎撞坏了,前轮的钢条断了好几根,由侧面望过去,断了钢条的轮胎像只被人踩扁的蘑菇。邮差想,真奇怪,硬的东西和软的东西竟然统一在了一起。他决定试试,看看这辆车还能不能骑。

2

邮差的自行车在日头照耀下沿着水泥路行进,车轮咔嗒咔嗒朝前滚动着。那只脏兮兮的帆布邮包挎在车后座上,摇摇晃晃地往下坠着。他的心情如同这只邮包般沉重。

骑过小学门口,他停了下来。这时候儿子应该还在上课,和平时一样,他下班后会准时来接儿子。邮差想,活还没干完,这才开始了一半呢。每次邮差都会掐准时间,从邮局出发,绕大半个小镇,送完一上午的信件和报纸,要花去一个多钟头。幸好地方并不大,他骑车快,门牌号都摸熟了,闭着眼就能绘出一幅完整的地图。他手上戴的石英表没有走漏过一分钟,他会在晚上新闻联播开始时校对时间。金属表面的指针悄无声息地走,他的生活也按部就班。新闻联播开始时，儿子坐在矮凳上写作业。儿子不关心新闻，他只想着做完作业，早点爬上床睡觉。

邮差在这个镇上活了几十年。从二十岁算起，他干这一行也二十来年了。邮差不清楚时日是怎么过的，好像一眨眼，就变成了现在这副模样。他三十几岁才讨了老婆，然后有了个儿子。现在孩子读小学了。儿子一点也不像他，他多话，儿子寡言，他脾性急躁，儿子却温驯得像只绵羊。他觉得这样挺好。

这些年里，邮差经常想换工作，这个念头反反复复冒出来，又反反复复消下去。和他同龄的人，要么做生意，要么当教师、公务员，或者搞长途运输，都挣得比他多。因为腿脚不方便，很多工作都无法胜任，有时他觉得自己像一块沉在茅坑里的石头，也许从患病的那天起，一切就注定了，他一辈子要困在小镇上直到老死。

妻子经常抱怨，什么时候换台海尔的全自动洗衣机，家中那台总是漏电。这样的日子她过够了。邮差愤愤地说，有什么办法呢？漏电了，修一修就好了。邮差这么说时一脸不耐烦，他觉得谁家过日子不是在忍受？忍受贫穷，忍受争吵，忍受生病。总之，活着无非是忍受。妻子沉下脸，咬紧嘴唇，嘟囔了一句，我上辈子作孽才会嫁给你。邮差回嘴道，嫁给我这个瘸脚的算好了，有人还嫁给缺腿的呢。他的话带刺，但表面上仍旧笑嘻嘻。他已经练就了一身本领，面对任何诘难和嘲讽，都能将它们嚼碎咽下去，再吐出来。洗衣机坏了，邮差也不请人来修，他亲自动手,找到说明书,仔细研读,自己捣鼓。洗衣机的零部件和内部构造以及电路图,和他脑海中的小镇地图出奇地像,他看着说明书入神,心想,改天也要给小镇绘一张地图。有地图的小镇,才是真正的小镇。

这天与往常不同。自行车和他的脚一样坏了,动起来一瘸一拐的。邮差想,送完这一趟,要骑去车铺修一修。车轮胎瘪了,一高一低,他的视线也因此起伏不定。他想起小时候在田间放牛,水牛浑身是毛,黑不溜秋的。那时他的脚早就瘸了,可他还是喜欢骑在水牛身上,骑上去,他会比别人高一截。那时候他常替父亲去田间放牛。父亲活了七十多岁,几年前才去世。父亲在四十岁上下才有了他,因此,邮差在家中排行最小。这个最小的孩子并没有继承父亲的鸿鹄大志,而是过着庸庸碌碌的日子,中专毕业,谋了份邮局的差事,一直干到现在。刚入行时,他想坐柜台,但领导嫌他做事不够利索,最后摊派他到最前线送邮件。风里来雨里去,日子就这么水一般流过。

邮差骑车经过煤气铺,顺手从车后座的邮包里捡出一份晚报丢过去。晚报落在煤气铺的柜台上。玻璃柜台后面,摆弄煤气炉的老头头也没抬。以往这时候,他一听到落在玻璃柜台上的"啪嗒"声,一定会抬起头打招呼。他和邮差是老相熟了,邮差什么时候到,他一清二楚。然而这一次,老头像个聋子,头也没抬,招呼也没打。丢在柜台的晚报沾着雨水,起了皱纹。

邮差赶着离开，也没太在意。他用好的那只脚蹬车离开，暗暗诅咒这可恶的天气。

离开煤气铺，再次经过小学门口的水泥路。邮差看到紧挨路边的那家快递站点，店门大开，两个背影蹲在地上分拣包裹，动作粗暴，邮包随手一丢，在地上扬起灰尘。自从快递行业进驻到镇上，到邮局寄东西的人明显比以往少了（最近他又看新闻上说，有的地方开始用机器分拣包裹了）。邮差看不惯他们粗暴的工作态度。当了那么多年邮差，即使分拣最简单的信件，他也从来不会丢三落四。乡里无人不知这位瘸脚的邮差，他们私下喊他"老瘸"。他们经常看到"老瘸"骑着他那辆漆绿色的自行车穿街过巷。他按片区和街道，将要分发的报纸和邮件整理好，一叠叠放入邮包，将它们送达目的地。邮差想，邮递的差事从古至今都是体力活。古时候的人靠马送，现在则靠车靠飞机送，但最终这份差事还是要靠人，如果少了人，这行当就是死了，消失了。

他想起几年前，网购刚兴起，局里几个女孩天天在网上买东西。邮差从来没有在网上买过东西。几个女孩子喊喊喳喳说，现在呀，什么都能在网上买到：化妆品、衣服、鞋子、吃的用的，连死人用的物件也有。邮差诧异，死人的物件也能上网买？她们说，怎么不行？网上下单，很快就给你送到了。邮差又问，棺材和骨灰盒也行？她们回答，上网搜不就知道了？邮差"噢"了一声。原来现在丧葬用品也能上网买了，他暗自琢磨，要是什么时候邮局不存在了呢?大家不看报不写信,什么都在网上搞,他现在做的这份工作,还有存在的必要吗?

想起那些零碎往事,他摇了摇头。从前的日子一闪而逝,他觉得自己老了。一阵失落感袭来,他用力蹬脚踏板,自行车左右摇晃,加速向前行。

3

邮差低头一看,发现自己的手臂竟像是透明的,日头照在他身上,皮肤和血管现了形,血在青色的血管中流动,手臂皮肤颜色渐淡,泛起了斑驳的红点。邮差感到恐惧,不知道这是怎么了。他看不清前面的车辆和人,用手揉一揉眼,一辆货车疾驰而来,他吓呆了,赶紧刹车。没想到刹车坏了,他被惯性带着往货车冲过去。他吓得喊起来——就在闭上眼准备"受死"时,货车竟然穿过他的身体,或者说,他从货车上穿过去了。

邮差惊魂未定,脚撑着地,依靠鞋底和路面的摩擦力减速,停下来——他吓得满头大汗,用手一抹,汗珠黏在手心,像会动的珠子,滚一滚,渗进皮肤里去了。

邮差回头,看着远去的货车,自言自语道,老天保佑,老天保佑。

这时,他发觉自己停在了"老友茶铺"门口。他想起昨天茶铺老板盼咐过,要是有美国来的邮件,帮他注意一下。茶铺老板是他老同学的儿子，初中没毕业，把邻乡姿娘仔①的肚子搞大了，姿娘仔不肯做掉孩子，坚持要生下来。前年他们在祠堂摆酒席（邮差被请去吃了一顿喜酒）。现在，他看到年轻的老板娘坐在店里，挺着圆鼓鼓的大肚子。

"又有了。"邮差摇摇头，叹了口气。

以往每次经过茶铺，他都会进去喝杯茶，聊几句再走。现在邮差停下来，将自行车靠在墙边，一瘸一拐地走进茶铺。除了这对年轻的夫妻外，铺头里还有三个人，三个人邮差都不认识。茶铺老板坐在沙发上，叼根牙签。茶盘上码了三只茶杯，一股清香弥漫开来。邮差对这个后生仔说，没有美国来的邮件。但是茶铺老板好像聋了，一点反应也没有。邮差在他面前挥手，他也看不见。邮差于是走到坐在沙发上的那三个人跟前，将身子杵在茶几前，挡住他们——没有人叫他走开。邮差越想越气，你们怎么可以把我当透明的？他伸出手，碰到那套紫砂茶具，捏起一只茶杯，放开手，茶杯翻了个跟头，又稳稳当当落在了茶盘上。洒出来的茶，一滴滴回到了茶杯里。邮差吓得后退几步：为什么会这样？

茶铺里一切照旧，喝茶的喝茶，看电视的看电视，没有发生任何异常。

邮差想，今天到底怎么回事？你们是不是都在耍我？

---

①潮汕方言，指年轻女子。

这么想着,他转过身,看到半躺在摇椅上的大肚婆,她穿一件孕妇裙,肚子圆滚滚的,像只即将破开的西瓜。她闭上眼,沉浸在某种遐想中,眉目间透出柔和的光晕。邮差盯着她圆滚滚的肚子看,仿佛看到了胎儿在动,挣扎着要爬出来。他站到了女人面前,低声说,对不住了。说完,他握住拳头。有那么一刻,时间静止了,他的身子微微发颤。一股看不见的力量在他体内横冲直撞。他看见大肚婆睁开眼,像是感知到危险即将降临。邮差的心狂跳起来。最终,拳头并没有落下。他泄了气。大肚婆不耐烦地呻吟一下,打了个喷嚏,调整坐姿,继续斜靠在摇椅上。邮差暗暗骂自己。接着,他走到柜台后,拉开抽屉。抽屉里都是钱,他顾不得什么,胡乱抓起一把钱塞入口袋。

邮差捂着鼓鼓的口袋往外走。他快速走了起来,又故意放慢脚步。他等着茶铺的人追出来。可是,没有动静。他的胸口堵得厉害,大腿外侧忽然间灼痛不已。他一低头,看到口袋冒出白烟,他吓得直跺脚,伸手进去,将钱掏出来甩在地上。那沓厚厚的纸币已经烧成灰了,风一吹,呼呼飞起来。

邮差望着在半空打旋的黑色灰烬,绝望到极点。他双腿无力,如同一只漏气的气球那样蹲坐在地上。这一次,他不但死了,还变成了鬼。

这个事实差点将他击溃。太阳的余温炙烤着他,他的身体在颤抖,眼泪止不住淌下来。不,他不能变成鬼,他还有妻儿要养,还有一个家在等他回。他必须证明自己还活着,能像常人那样行动和思考。他必须让所有人知道,他和他们一样还活在世上。

4

恐惧如同利刃刺穿邮差的脊椎。这种被忽视的感觉,比起年幼时被人嘲笑还要难受。他丢下自行车和邮包,踟蹰在小镇的大街上。周遭的事物开始变得陌生起来。他每天穿遍大街小巷,看惯了日升日落,人来人往,却从来没有好好审视过这里。小镇不大,但好歹是他活着的地方。如今他被无端端的恐惧包围着。他"死"了,反倒念起"活着"的好处来。

街上行人越来越多,骑摩托的,开汽车的,从他身边经过,谁也没有留意到邮差的存在。即便这个瘸脚的人活着,对他们而言也没有什么意义。没有他,世界照常运转,照样有人代替他干活。他不过是一个送信送报的,不过借了"邮差"这个躯壳活着——把这身制服脱去了,他就什么也不是。

街边那家"兄弟牛肉火锅"人声鼎沸,火锅散发的香味提醒着邮差,中午了,该回家吃饭了。回家吃饭前,他要先去接儿子。直到这时,他这才意识到自行车还丢在茶铺门口。他折返回去,捡起邮包,骑上车,往小学的方向骑去。

日头越来越猛,路面的湿气都被蒸发殆尽,邮差用手背抹眼睛,他的眼泪和汗珠一样晶莹,这一次,泪珠附在了手背上。附在手背的泪珠,跳一跳,也渗进皮肤表层了。邮差想,皮肤或许是口渴了,想要喝水。

　　小学门口热闹得很,放学的孩子蜂拥着从教室出来。邮差没有挤进人群,他将自行车停在几米开外的木棉树下,等着儿子出来。这几乎成了他们父子之间的契约:尽量"躲"得远一点,不让儿子的同学看见,他有一个瘸脚的父亲。地上落满了木棉花,橙红的花朵被车轮碾过,踩碎了,水泥地面印着潮湿的斑渍,看起来黏糊糊的。邮差挪开步子,生怕花瓣沾到鞋底。

　　他半眯着眼,在人潮中努力辨认儿子。儿子留了个板寸头,红领巾洗得干干净净,上学前总要自己系好,还要戴上校章。儿子说,不戴校章就不让进校门。现在,站在小学门口的邮差和其他家长一样,伸长脖子张望着。片刻过后,他看到儿子了。儿子双手掖紧书包背带,从花圃后面钻出来,接着,他穿过人群,朝校门口走来。儿子一直低头看路面,生怕踩到别人的脚,或者被别人的脚踩到。邮差第一次这么认真地观察这所学校的学生,这么多的孩子,像泥鳅,一尾尾从学校这只瓮罐里溜出来。

　　邮差朝儿子走过去时,儿子恰好也抬起了头,他们的目光撞在了一起。他喊了儿子一声,可是,一秒钟不到,儿子眼底的光便黯淡了下去。儿子像是在寻找什么,移开了视线。邮差张了张嘴,眼睁睁看儿子从他身边走过。

　　他追了上去。这时,他看到一个熟悉的身影。

　　那是妻子,平时都是邮差来接儿子,妻子几乎从不替手。她在镇上的编织袋厂上班,每天起早贪晚,忙死忙活,厂里规矩严,不到下班时间不会放人。她怎么会在这时候出现？邮差看到她穿着厂里的绿色制服（一件短袖T恤衫）。这家镇上最大的民营企业靠做环保袋发家，厂里给所有的员工发放统一的工作服。

邮差走到妻子和儿子身边，伸出手拍妻子的肩膀。这时他看见妻子双眼红红的。趁儿子没注意时，她转过头擦泪。接着，她抱住儿子的头，趴在他耳边轻声说着什么。

周遭的人用异样的目光注视着这对母子。

片刻后，妻子将儿子抱上车后座，离开了。

邮差骑着车跟在身后。他看到儿子的手紧紧抓住车后座的铁条，身体往前倾，贴在他母亲背上。邮差奋力一蹬，骑到与妻子平齐的位置。他看到妻子一边骑车，一边淌眼泪。泪水顺着脸颊流下来，她不去擦，任由它们滴落。

邮差知道，她准是得知自己的"死讯"了，才会在这时候来接儿子。

他为没能阻止自己死讯的传开深感愧疚。他想，很快儿子也会知道了。

出乎他意料，妻子并没有朝家的方向骑去，而是骑往另一处地方。他看到妻子骑一段土路，拐个弯，进入一条巷子，在有水井的地方停下来。这条路邮差再熟悉不过了。这是妻子的娘家。他站在巷口，看到时间从身上流过，看到妻子的容颜恍惚间年轻了，又恍惚间老起来。他有多久没有好好地看过她了？

每日朝夕相对，柴米油盐，有时甚至会厌恶起她来。邮差理应感激妻子的。年轻时他相亲，一次又一次被人嫌弃，他的婚姻大事因此一拖再拖，直到遇见了妻子。妻子肯嫁给他，大概是觉得他老实可靠，有份稳定的工作，腿脚不灵便又有什么关系呢？谁身上没个缺陷？只是日子久了，邮差才发现，他们之间也许并没有那么相爱，不过因为习惯了才没有分开。对邮差来说，婚姻就是一道绳索，将两个人的手脚绑在一起，你挪一步，对方也挪一步，只有齐心协力，才不会互相拉扯和羁绊。

这时，他看到妻子吩咐儿子坐在车后座等，然后兀自掀开门帘，走了进去，又很快出来。丈母娘也从家里出来，牵住外孙的手，一老一小两个背影消失在门帘后。

邮差觉得一阵心寒，妻子在得知消息后表现出来的理性和克制，令他万分沮丧。

妻子望一望身后，好像那里有人在看她，她的眉目蒙上一层雾气。接着，她骑上车。

邮差知道，这次，她是真的要回家了。

5

邮差被家门口的场景吓坏了，因为他几乎和妻子同时看见自己的尸身。

尸身搁在一张席子上，停放在门口，上面覆盖一张薄毯。

街坊邻里围在邮差家门前，喊喊喳喳说着什么。帮忙运送尸体的两个石灰厂工人正在和民警说话，一个速记员捧着本子，低头做笔录。这些人脸上没有任何凝重的表情，围观的人除了好奇和惊叹，并没有表现出真正的同情。大家看到邮差的妻子出现，自觉地避开一条道。这个受了惊吓的女人脸色苍白，她预料到了最坏的结局，但是在面对结局时，还是无法抑制住悲痛。她努力地稳住身体的重心，不让自己昏倒。邻家女人过来扶住她，她摆摆手。她缓慢地迈着步子，从未觉得门前这一小段路如此漫长。

一个民警掀开薄毯的一角。为了防止女人情绪失控，另一个民警紧跟着，一旦她做出极端行为，会第一时间拉住她。

妻子半跪下来，伸出手，哆哆嗦嗦地放在邮差脸上，他的脸发烫，散着骇人的温度。她将手往回缩。邮差早已失去了生命的迹象：双眼紧闭着，嘴唇绛紫，身上的制服落满石灰，看上去如同一具木乃伊。她不相信躺在面前的是她的丈夫。她的目光无处停留，直到落在邮差的左脚上。邮差左脚比右脚小两码，她帮他买鞋时总要买两双尺码不一样的鞋，配成"一对"。从她跪着的地方可以看到，丈夫那只脚明显更扭曲了。停顿了片刻后，她的手落在丈夫的皮肤上。这个一辈子无法自如地掌握平衡的人，此刻躺着，安稳得如同树桩。

邮差像被磁铁吸住了（这是他第二次看见自己的尸体）。他呆站着，不相信那就是他。邮差看到尸体上有血迹，几处皮肤擦伤了，头发耷拉着贴在额头，脸色像蜡纸。他已经死了，这具肉身已经死亡。邮差不想见到这样的自己，但他无法回避。他看到妻子的肩膀在抖，她捧住脸在哭，喉咙里发出哭声。她趴在地上，大声喊着邮差的名字。

邮差从未见过妻子如此歇斯底里，她的悲恸从身体里涌出来。

邮差感到羞愧难当。以前不管他们怎么吵闹，妻子也很少情绪崩溃，现在悲伤压得她直不起身子。邮差的心像是被什么钝器给重重击了一下。他单膝跪下来，胸口起伏，他和妻子一起流下泪来。

邮差伸手搂住妻子的肩膀。然而，他做出的动作是虚的，看不见的，他无法给妻子任何安慰。他大声地哭喊着，妻子却什么也听不到，就好像她身边的空气被抽干了，形成一个巨大的真空带，声音无法传递，更无法感知。

围观的人和民警都被眼前这哭泣的一幕镇住了，没有人上前，也没有人说话。

悲恸像是涟漪，一圈圈地扩散开来。

在这一刻，死去的和活着的人跪在一起恸哭。

待邮差妻子情绪稳定后，领队的民警告诉她，她丈夫是被车撞到，然后从公路上翻落下去的。司机肇事后已经逃逸了，他们正在找交警部门协查，出事那段国道有电子监控，他们一定会抓到肇事者。邮差妻子愣愣地盯着民警看,他们的话像那辆肇事的货车一样从她身上碾过去。她的五脏六腑还有四肢,都被压碎了。她无法接受丈夫的离去,今早出门他还抱怨她煮的白粥水放多了,为什么会一眨眼就出事了?

出殡的这天,他的亲戚(母亲是在父亲去世的隔年走的)和朋友都来了。因为邮差的去世,这些分散居住在不同地方的人被聚到一起。平时不怎么往来的人,听闻邮差出事,也都赶来了。吊唁的人遵照镇上习俗,带着单数的礼金,前来慰问这对孤儿寡母。

邮差的两个姐姐以及各自的子女也来了。他看到大家的眼睛红红的,两个姐姐一进门便哭个不停,她们谁也料想不到,弟弟会以这样的方式突然离去。邮差小小年纪就瘸了脚,为了弥补上天的不公,姐姐们总是想方设法对这个弟弟好一些。吃的用的总让着他。那时家里穷,他读中专所需的学费,还是她们俩一点点凑齐的。邮差上前想替她们抹去脸上的泪,但手一伸,就从她们脸上穿过去了。

"死人是无法替活人抹眼泪的",邮差总算明白了这一点。

镇上没有殡仪馆,丧事只能在镇上的公厅①举办。

---

① 潮汕乡间料理丧事的场所。

邮差看到妻子哭得不成人形，他站在她身旁，挨着她。儿子第一次面对死亡，他像只迷路的羔羊，一脸惶惑又惧怕的神情，跟在母亲身边。邮差看到儿子穿了件白衬衣，左胳膊系着黑色的袖圈。邮差想起父亲去世时，镇上还没有筹建公厅，丧事只能在家中举行，他们也是这样披麻戴孝，但那时的气氛并没有如此凝重，守灵的夜里，亲人们聊着闲话，挨过漫漫长夜。

邮差想，现在我也要去另一个世界了，会见到父亲吗？

邮差看着熟悉的、陌生的面孔出现在公厅，他们分别是自己的亲戚、街坊邻居和邮局的同事。邮局领导带着几个同事，给邮差妻子送来慰问金。领导深深地鞠了一躬，对邮差的意外死亡，他们邮局上上下下感到无比惋惜和悲痛。

邮差在角落里站着，公厅中光线昏暗，蜡烛的火光摇曳着，照在他的遗像上。他看见相片上的自己表情静默，好像所有事都与己无关。吊唁的人来了一拨，又走了一拨。邮差站在儿子身边，伸出手搂着他。他从未想过，人这一辈子会和这么多人有联系，或牢固，或脆弱，每个人都活在一张密集的关系网中，生老病死，无人能挣脱。

邮差没有看到他的尸体进入焚化间，也没有看到妻子捧着骨灰盒回来。看不看都没有关系了。那具肉体早就不属于他，他不过是借助这具肉身生活罢了，现在因为一场车祸，这具肉身的使命完成了。邮差曾经最厌恶的就是他残缺的身体，如今倒好，残缺的身体离开他了，也没有必要对其厌恶了。

尸体运到殡仪馆那段时间，邮差独自回到家中。他从未像现在这样孤独。房子很空旷，以前妻子经常抱怨说房子太小了，赚了钱要多盖一层楼。他当时不以为意，说房子够住就好，要那么大做什么？现在他却怅然地发现，房子像一块橡皮泥，被瞬间拉扯大了，而他自己则变小了，缩成皱皱的一团影子匍匐在地上。他望着日头从窗口照下来，沿墙壁一点点移动，再一点点消失。儿子也去了殡仪馆，如果他现在在这里，邮差真想摸一摸他的脸蛋，告诉他，爸爸没死，爸爸还在。可是现在，儿子也接受了他死去的事实。想到这里，邮差不禁悲从中来。

这个家令他既眷恋又恐惧，这两种矛盾的情绪在他身体里拉锯。眷恋告诉他说，你要留下，恐惧告诉他，你必须离开。邮差不知他应该离开还是留下：要是离开，能去哪里？如果留下，就必须面对家中残缺的一切，就会继续被愧疚和苦痛折磨。邮差从未觉得"活着"是如此艰难的一件事，他夹在一道缝中，进也不是，退也不是。"活着"将他逼到没有逃离的余地，他快窒息了。

6

一天过去，又一天过去。丧事过后，家里始终笼罩在挥不去的阴影中。

邮差再也没有去过邮局，他被死亡剥夺了寄送邮件和报纸的权利，变成了游荡在人间的看不见的魂灵。他不再骑车，再也没有人会注意到他的瘸脚了。这个小镇再也不存在一位瘸脚的邮差了，很快就会有新的邮差取代他，新来的也许比他更能干，更有效率，而且新的邮差，脚一定不是瘸的。

几个月过去了。

妻子将邮差生前穿过的衣物，用过的东西，一样样清理出来，舍不得扔的就封存进箱子锁起来；其余的拿到屋后空地上，能烧的烧掉，烧不掉的，就拉到水利渠旁的垃圾堆扔了。

邮差无法阻止妻子抹掉他在这个家留下的印迹，妻子舍不得他走，他懂。他也不想妻子因为这些旧物而伤心，更不想儿子因为他的死而闷闷不乐。儿子原本就寡言，如今家中出了这样的事，他就更不愿意开口说话了。开头几日，学校老师允许他请假，丧事结束后，他却怎么也不想回学校了。妻子知道，儿子怕到了学校被同学知道。他因为有一个瘸脚的父亲被同学嘲笑过，现在他不愿再次面对这一切。妻子劝他说，回去好好上课，她强忍住眼泪：你好好读书，才对得住你爸。儿子沉默一阵，眼底噙满了泪。他低着头，小小的身体积聚着情绪。这个羔羊一般温驯的孩子突然大声吼道："阿爸死了，我不想读书！"

邮差没想到儿子的反应会如此强烈。他以为儿子会默默地承受他的离世，然后按部就班地长大，直到他留下的阴影彻底从心头抹去。这样的话，邮差便能看到儿子读高中、上大学，然后毕业、工作、成家。但是这一刻，孩子目露凶光，恶狠狠盯着母亲，仿佛父亲的死是母亲造成的。邮差看到妻子扬起的手掌就要落在儿子脸上，赶忙横到中间挡住她。妻子的身体颤抖着，心一软，手放了下来。她抱住儿子的头，哭着跟儿子道歉："妈妈对不起你，妈妈也不想这样。"

母子抱在一起，儿子的脸埋在母亲怀里，闻到了眼泪的味道。

邮差不忍心看下去，他跌坐在地上，拼命地捶打着自己胸口，觉得自己就要被撕裂了，有什么东西正血淋淋地从他身上淌出来。

接下来的几个月，邮差一直徘徊在家中不肯离去。

儿子日渐恢复过来了，有时候做完作业，他会习惯性抬起头来望向电视。现在，再也没有新闻联播的声音，父亲再也不会盯着手表校对时间了。

时间对邮差来说早已失去了意义。

夜间他躺在妻子身边，看着她入睡。她脸上的愁苦，即便在睡梦中也没有丝毫减弱。清早，他看着妻子起床，给儿子做早餐，送孩子上学，再骑车去上班。日子还是和以前一样，这样过了一天又一天，邮差看到妻子努力恢复生活的原状。儿子每天放学回来，独自坐在门槛上发呆，脸上也没了以往的天真。

他的睫毛偶尔扑闪扑闪的，挂满泪珠。

路边车来人往，小镇忙碌一天，即将归于平静。夕照隐匿在房屋的轮廓后面，邮差忽然觉得自己老了，老得走不动了。他的皮肤和血肉，像一只发霉的苹果，一点点地烂掉了。

邮差知道，他在这个人间飘荡的时日不多了。

这天下午，儿子放假去了外婆家，家中只有妻子一人（邮差不知道为什么她没去上班）。她坐在沙发上，拿出针线，给儿子钉衬衣上脱线的纽扣。邮差坐在她身边，看着她低头做针线活。过了没多久，她缝好了扣子，似乎意识到什么，弯下腰，在茶几下的收纳盒里翻捡着。邮差蹙眉，觉得妻子今日有些反常。他看到妻子从收纳盒里找出一包五叶神，他认出来，这包烟是上次领导送的，他嫌味道重，抽了没几根便放起来了。这时，妻子掀开烟盒盖，抽出一根，捏在手里，仔细地打量着。接着，她拿起茶几上的打火机，"咔嗒咔嗒"，按了几次才点着火。微弱的火光一闪一闪，她捏着香烟凑近去，那簇火苗舔舐着，末端的烟丝燃起来，她这才意识到应该马上将烟含在嘴里。她学着男人的样子，手夹着烟，用力吸一口，呛得剧烈地咳嗽起来，差点把烟扔在地上。她自言自语道，原来烟是这种味道，有一点苦，为什么你们男人这么喜欢抽烟呢。邮差看见妻子这样，吓了一跳，她以前从来不会干这种事，每次他在家里抽烟，都会被她唠叨。邮差上前，伸手扯掉她手中的烟，但是无济于事，妻子盯着它冒烟的末端，再次鼓足勇气，深深地吸了一口。这次，她流着泪吐出烟雾来。

邮差颓然地靠在沙发上。妻子并没有把烟抽完,她将半截烟按熄在烟灰缸里,捧住脸,哭了起来。他从未见过这样的妻子,她像变了一个人。烟还在燃着,他不甘心,他必须和妻子说说话。

夜里,邮差躺到床上。待妻子躲进被窝,他还是像往常一样,习惯性地伸出手臂让她枕靠。妻子拉了一角被子盖在身上,头发散下来,遮住了一半的脸。现在邮差发现,他有"两个"妻子,白天一个样,夜晚一个样:白天的妻子看不出任何异常,夜里的妻子常常偷偷落泪。

妻子低声抽泣,肩膀一抖一抖的。邮差伸出手替她抹泪,但他忽然意识到,死人是没法替别人抹泪的。他将手放下来。你别哭了,邮差说。他明知妻子听不见,听不见就听不见吧,我有话要和你说。

他兀自讲下去,讲了不到几句,看到妻子张了张嘴,从黑暗中坐起来。她四处张望,像被什么东西摇晃了一下,嘴唇抖动着,开口道,你还是走吧,不要再回来了。

邮差愕然,他大声喊:你听见我说话了吗?

妻子双目圆睁,声音颤抖,你是不是在这里?你走啊,别来了!我不想每天晚上都梦见你,梦见你,醒来就惊得一身汗。算命阿娘说,要给你烧钱纸,请你出去,可是,我烧了香烛和钱纸,你为什么还不肯走!你走了多好啊,一了百了,走了什么也不用牵挂……

妻子的话敲得他脑袋一阵嗡鸣，他摇晃妻子的身体，试图将精神恍惚的她摇醒，可是，妻子非但没有清醒，反而越说越激动，哆哆嗦嗦，前言不搭后语。

他从未想到，虽然他死了，但他还时常侵入妻子的梦境，可他为什么一点也没有察觉到？他跪在妻子面前，哭着问她为什么。

妻子的眼睛睁得更圆更大了，似乎在回应他。嫁给你这么多年，我没过过一天好日子，我承认自己命不好才嫁给你，现在好了，你死了，这个家就不齐全了，吃饭剩一双筷子。我什么都做不了，但我还是要活下去，我还有儿子，对，还有儿子。如果你听见我说话，就安心走吧，再这样下去，就连我剩下的这双筷子也要断了……

妻子的话一字一句戳到邮差心头。他哭喊着说，是啊，为什么？我也想知道为什么。邮差的话没有得到回应，妻子仰着头，大口大口地喘气，肩膀剧烈地抖动着。邮差看到她胸口起伏，眼神空洞。他从未觉得他们之间隔得这么远。以前以为妻子离不开他，现在他明白了，是他离不开妻子。死将所有物事颠倒过来。他回想这些年来走过的路，从和妻子相识、结婚，再到生孩子，每日这样柴米油盐地过，他并未觉得有什么不好。他甘心过这样的小日子，从未料到，这样的日子最后不但折煞他，还折煞了妻子。

邮差哭了，他现在真正成了一个死人。

妻子扯过被子捂在脸上。夜晚安静极了,她怕哭声被儿子听到,拼命地压抑着。起初声音不大,渐渐的,哭声扭曲成一阵哀号。她捂住嘴巴,哭泣声穿透黏稠的空气,从被子里涌出来,撞在了邮差胸口,撞得那里生出一个洞来。

邮差看着哭泣的妻子,将脸贴在她脸上。

片刻后,他艰难地爬下床。他的身体太虚弱了,一落地,便瘫软下去。他看着黑压压的天花板朝他压下来,咬住牙,用尽最后一点力气爬起来。他看到妻子的脸哭得扭曲了。她直愣愣地看着什么,脸上只有绝望、悲恸和疲倦。

邮差低下头,看见自己的手脚彻底透明了,皮肤像油漆剥落般,正一块块往下掉。

邮差不敢直视妻子那双眼,他觉得有一股力量正将他一点点地吸走。他的双脚哆嗦不停。终于,他迈开沉重的步子,朝门口走去。

妻子和儿子的脸在他眼前消散。他不敢回头,只能一直往前走。黑夜中不见一丝光亮,整个小镇像浮在大海中的孤岛。很远的地方传来狗吠声,一声声,叫得夜寒战,叫得人发慌。邮差深一脚浅一脚地朝着未知的方向走去。他不知道自己走了多远,也不知道时间过去多久。时间对他来说已经没有任何意义了,耳边只有脚步拖过地面的摩擦声。

邮差控制不住自己的意识,也无法记住发生在他生命中的一切,妻子的脸渐渐模糊了,儿子也渐渐看不见了。他像只被狂风卷走的塑料袋，轻飘飘地拐上一道公路。黑黢黢的夜色中闪过一道光，照亮了他的记忆：邮差看见骑自行车的自己，在这段国道和镇道交接的地方，被来不及刹住的货车撞倒。他的自行车被掀翻了，人在空中划出一道抛物线，准确地滚落在路基下方。货车越驰越近，他站在原地，刺眼的灯光晃得他睁不开眼。货车司机发现了什么，拼命地按喇叭，喇叭声催生出一股幻觉。邮差知道，司机根本不可能看到他，怎么可能按喇叭？他来不及做出思考。货车像一头巨兽，咆哮着冲过来，冲过来，将他撞翻在地。

诞生

讲故事，就是将世界不为人知的"内面"翻过来，供人检视、省察。写小说尤其如此（有时，写小说等同于讲故事），就像盥洗衣物，我说的不是洗衣机那种洗——你只需将衣服扔进去，倒进洗衣粉或者洗衣液然后让它自动运转。不，我说的不是这套标准化的程序，我说的是另外一种，用书面化、古雅些的词叫"浣衣"。你这个年代出生的乡下孩子，总该见过乡间妇人，比如你母亲"浣衣"的场景吧。那时洗衣机还未普及，污染也没有现在严重，河水清明，乡野喧腾，你母亲骑自行车（如果她会的话），载一桶昨夜换洗下来的脏衣服，里头兴许还有你半夜换下来的内裤。你夜半惊醒，怀着隐秘的羞耻感换上干净的内裤，将旧的那条塞到洗衣桶里，然后躺回床铺，带着激动和虚空重返梦境。你以为这样能瞒过母亲，然而母亲心照不宣，从来不提水桶里多了这么一条平角内裤。她将多出来的这条内裤朝外翻，撒上洗衣粉，细细揉搓，将它洗得干干净净。在翻洗的过程，她窥探到儿子生理的变化和不可告人的欲望。在妇人们手洗衣物的水边,有花岗岩砌好的台阶,也有往前延伸的石板。春夏秋冬,这群妇人蹲在水边,露出半截或肥硕或枯瘦的脊背,她们的手一遍遍在冰凉的水里浸泡、揉搓,忙碌间还不忘互相交换四邻八里的秘闻和笑谈。只有母亲不曾将别人的秘密和盘托出。

假如,你把这个濯洗衣物的经过用叙述的语言,间杂描述性的修辞给写出来,再添上些细枝末节,一篇小说就有了眉目。

比如下面这一段……

他是在一堆信件中发现那份手稿的。门卫每天将收到的文件和包裹分发给系里的领导、教授。红砖楼的门房有三名门卫值班,三班倒,二十四小时不停歇。他们负责安保工作,还要充当半个快递员角色。和其他教研室的同事相比,他收到的信和文件总是很多,光是学期末学生塞到信箱里的论文和作业,就足够叫人头疼的了,更何况平时还有那么多的文学期刊和出版物寄给他。

他所在的院系在一栋二十世纪五十年代的苏式红砖楼里。这些年院系改了几次名,楼却还是这么一栋,有三层,底层光线暗淡,每次推门都像走进牢房。的确,楼里办公室除了分给院系领导的大些,其余的不到十平米,他自己的那间在二楼,有个向西的窗户,天晴时,午后日光会照过来,落在墙壁,缓慢移动,直到消失在门口。他在办公室放了张茶几,三把椅子,墙壁上挂了小幅的行草，平日里没事，他喜欢在这里看看书，偶尔也练练书法，但从来都秘不示人，他害怕别人向他求字。妻子调侃说，你在办公室就跟参禅似的。他说，退休了就没禅可参啦。

今年学校出台了一项新的政策，每个在编教师，无论职称等级高低，一周须匀出两个小时跟学生面对面，传道解惑，名曰"开放办公时间"。他并不赞成这个愚蠢的规定。平日学生上完课就散了，也鲜少主动围过来和他探讨问题，现在多出这条硬性规定，要命的是来访还要预约，系里秘书会帮他批复。他已经接待了好几拨学生，每次他们像赶集一样，备着一堆疑问而来，提问，然后在本子上埋头苦记。他语速快，讲起话来弹珠似的砸向学生。看到学生一脸疑惑，才意识到话说得太快了，就故意放慢些。这样一来，学生又会频繁抬头和他目光相接，这更让他受不了。来访学生以理工科居多，他们有的连起码的文学素养也没有，又不肯多读书。他纳闷，理工科闻名的大学里，什么时候混进了这么多文学爱好者？他们提的问题，在中文系学生那里都是常识，比如："文学究竟是反映现实社会呢，还是表达人心？"开始他会耐心解释，举些诸如福楼拜、托尔斯泰、狄更斯的例子来说明，不管是批判现实主义、现代主义还是后现代主义，文学的中心从来都是人，就算是罗伯-格里耶的"新小说"也脱不开对人的关注。后来，他干脆就建议学生去读钱谷融先生那篇《论"文学是人学"》（关于钱先生因言获罪被打成右派的经历他不打算详述,他觉得学生追问起来会没完没了)。去岁先生仙逝后,他愈发珍惜这篇文章了,好像多一个人读,文学就多一分希望。他自己清楚得很,理论对写作并无甚帮助,顶多就是给这个贫瘠的世界增添几个话语和概念。曹雪芹并不懂什么"现实主义",可谁能否认,《红楼梦》是伟大的现实主义小说?他是做文学评论的,还兼任国内几项文学大奖的评委。就是这样一个"资深批评家"也时常迷茫。从事他们这一行,用高尔基的话叫"产婆和掘墓人"。他是个成功的产婆,不过掘墓人他是无缘的。不是不想当,而是现实已经没有什么墓冢给你掘了。他自以为将文学的"内面"翻了个遍,可世事变幻莫测,眼下的生活仍是谜一样捉摸不透。

  他渴望碰到真正有力的、像一记重拳那样击中灵魂的作品。只是这些年读来读去,成名成家的作家,有的不写了,有的还是老一套,新作迭出,艺术水准却像头拉磨的驴那样原地打转,一朝倦了,干脆不读。年轻一辈的,有几个出场扮相挺好的,他很看重,为他们写评论,做推荐,可惜大多写着写着跑偏了,不是被媒体捧坏,就是着了文学大师们的道,踩着前辈的影子走路,技术愈发成熟,然而读起来却不对头。那股想要变成大师的劲真叫人生厌,他们乞灵的大师们,在他们写小说时指手画脚,也在你读小说时捏腔拿调。问题出在哪里?他想不通。昨天,那个拿了某重量级文学奖的年轻作家跑来找他:我想把小说写好,要不要也读点理论?这位后生三十几岁,说话夹带陕南口音。十几年前来北方生活,大专毕业,半道上对小说着了魔,几年前终于辞了职在家写作,这几年声名鹊起,拿了几个文学大奖,年中又出版了第一部长篇(他当时写了评论,称其为一代人的标杆),在这一行也算熬出了头。他们是在一个颁奖礼上认识的。酒席上年轻人向他敬酒,他喝得微醺了,面对年轻人的谦卑和敬意,只好从钱夹里抽出名片递给对方,吩咐如有新作,请寄给他。他见过不少这样的新人,他们是文学虔诚的信徒,怀抱一颗金子般的心,甘愿在祭台献出生命。可是,如果你连巴赫和巴赫金都分不清,又怎么做一个称职的小说家呢?他为此莫名心慌。在他们相处的短短一小时内,他频频抽烟,坐在对面的年轻人双手交叠搁在茶几上,话不多,不时翕动鼻子。批评家觉得,哪怕再多熬一刻钟也是折磨,对方固执的渴求会将他彻底击倒。他吐出一口烟,推荐了巴赫金的《陀思妥耶夫斯基的诗学问题》。办公室书柜有一本。他说,你要不介意,这本旧书送你吧。年轻人起身连连致谢,双手捧过蒙尘的巴赫金。送走年轻人后,他站在窗前观看灰蒙蒙的天,雾霾重重,长日将尽,年轻人背着藏青色双肩包,看起来与普通大学生无异。但他知道,终究是有区别的:一旦你走了文学的路,连行走的姿势也会跟别人不同。这时,他才猛然惊觉,背着巴赫金归去的年轻人原来是个高低脚。他进门时怎么没发现?他望着年轻人高高低低走远,心底一阵空落落。要是读不下去,就别碰理论了吧,断了这颗僭越的心,野蛮生长,说不定哪天就捧出一本杰作。

我爸让人逼到了绝路,我也跟着走上绝路。他们说有其父必有其子,我就是那个倒霉的儿子。年前他被追债时,就曾动过我妈的嫁妆。那是她嫁过来戴的玉镯,外婆传下来的,戴了几十年。半夜,这个畜生将我妈从床上拖起来,扯她头发,骂她,要她卸下镯子,他好拿去换钱,能还一点是一点。我妈的手腕就是那晚被他掰到脱臼的。

那帮狗养的,已经把油漆泼到我家铁门上了。这条街的邻居知道我家的丑事,唯恐避之不及,不断摇头,说好赌败家,败家啊。放贷的是我们镇上一个土霸主,我爸倒卖一批药材急需钱,就写了借条,借了高利贷作本,谁知道收到的这批药材全是假的,党参被弄成了沙参,灵芝也遭人偷换。我爸打电话找卖家理论,卖家矢口否认,争执不下,便将电话关机,人间蒸发了。出事后,我爸跟放贷的讲情,他们宽限了几天,我爸把能借的亲朋好友都借遍了,也凑不够数。放贷的拿不到债,派了几个小弟,直接把金杯车堵在了我家门口。他们在车里睡觉,饿了叫肠粉外卖,轮替着到街拐角的公厕拉撒。他们不敢动我妈,放贷的说,女人不许动,男的抓到,一律斩断手指。我爸知道这事就算砸了,连夜跑出去避风,手机关机,没人知道他死在哪里。他们说父债子偿,我也不得不跑出去"躲债"。我不敢跑远,就在隔壁县外婆那里住着，一来怕我妈出个三长两短找不到人，二来想办法找我爸，问题总该得到解决，不然我家的房子也要卖去抵债。

外婆和舅舅一家住一起，舅妈生怕我多吃一碗饭，每次上桌吃饭都拉着脸，外婆有白内障，耳朵又不好，舅妈摆脸色，她并不知道。我有两个表弟，大表弟在邻镇上班，帮人加工玩具，每天站着操作机器，一截拇指不知什么时候削断了，现在那里光秃秃的，吃饭时半截断指抠着筷子，叫人移不开眼。他白天上班，晚上才骑着小摩托回家吃饭，余下时间躲在楼上打游戏，有一阵子还兼职卖游戏币挣外快。小表弟比大表弟有能耐些，学过两年厨师，到市里的帝豪大酒店端过盘子，一个领班厨师见他人机灵，也好学，平时叫他服侍左右，端盘刷碗，间接秘传些独门厨艺。本来前年他要出师开餐馆的，谁知店面盘下来那天就出了车祸。骑摩托载他的小弟从摩托上飞起来，撞在水泥栏杆上，脑浆溅了一地，当场死亡。小表弟因为有前面人的缓冲，砸到地上时掉了半块头皮，头骨压塌，造成严重脑损伤。车祸现场惨烈万分，血肉模糊的，地上都是血。一辆过路的大卡车发现，报了警，交警赶到时人已经休克了。出车祸那段路是个桥洞，没安监控，不知是他们自己撞上的，还是和别的车相碰。事发路段也不见其他车祸报告。交警现场勘查，发现表弟和载他的人血液酒精含量超标,属于醉驾。表弟命大,肋骨断了四根,左脚脚踝严重扭曲变形,做了十几个小时的开颅手术,骨折的部位复位后,脚踝又钉了钢板固定,在医院躺了四个月,这才出院了。我到他家避风时,小表弟被压塌的头骨看不出任何异样了,头发长出来,就是人瘦得可怕,出事前一个标致的年轻人,现在颜值大减,为此,他又苦恼又自卑。他的脑袋撞成那样,多少留了些后遗症。刚出院那阵,他尿失禁,喜怒无常,夜里做噩梦,白天说胡话。医生给他打镇静剂,嘱咐家人要给他做心理疏导,务必精心照料,经过一年的静养(他住院那几个月,我也到过医院照看他),现在恢复得差不多了,智力没有受太大影响,就是说话不太利索,半只脚瘸了,每天在家帮舅妈组装玩具挣点小钱。

那场车祸把舅舅的家底掏空了,小表弟还在医院时,他们给电视台打电话,向社会求助,慈善机构到医院探望时,我和我妈都在现场。我妈跟舅妈两人捧着装在信封里的救助金哭得稀里哗啦。摄像机对准她们的脸扫过去,又对焦在表弟脸上,他躺在病床上,像个植物人,周身插满管子,身后连着冰冷的仪器。它们发出低鸣声,看起来像蠕动的器官。

晚间吃了饭,我将我爸生意上的事讲给舅舅他们听。我忍不住诅咒他。舅舅家的客厅天花板很低,电灯瓦数不够,屋子看起来阴森森的,我们的影子贴在墙壁上,像薄薄的塑料片。舅舅听完陷入沉默，久不抽烟的他向大表弟要了根烟抽，舅妈低头干活，也不出声。外婆抹了抹眼睛，落了好久的泪。大表弟问我欠多少钱，我说我不知道。小表弟低头玩手机，屏幕的亮光照在他脸上，我知道他又在玩直播，向人展示他左侧那块会动的人造头骨。

　　事情开端就是这样。至于后来是怎么一回事，读到后面你就知道了。

　　送完年轻人之后，他准备离开。办公室门口躺着一摞包裹，两只牛皮纸信封装的是文学刊物。通常他不拆，直接摞在办公桌上，月底再请门下的硕士生清理，不需要的就扔了，但大多都分送给他们。他经常叮嘱学生说，做批评，首先要介入文学现场，多读文学期刊，鸡蛋里挑骨头，总会捡到几根好的，多介入，毕业论文也有线索了。这些年他就是这么指导学生的。但他自己几乎不读文学期刊了，他宁愿从文学场逃开，宁愿花时间多读几页《杜甫集》。

　　把这摞信件和包裹搁到办公桌时，他看到底下一封平信。信封上印着"福建省龙岩市长汀县看守所"字样。他纳闷不已，我跟这座监狱没有什么关联啊，谁会寄信给我？他理不出头绪。因为还要赶去机场接放假回来的儿子，他来不及多想，将信塞进大衣侧兜，匆匆下楼了。

　　晚上吃饭，儿子说了些学校的事，妻子听得兴趣盎然，但他觉得儿子的生活乏善可陈，没什么好听的。去年儿子考了省外的大学，读的是电子工程。他尊重儿子的选择，只是觉得儿子被逻辑和理性规训得没半点个性，这点他不太满意。自从选了理工科，他俩的话题也少了，唯一还能聊的就是科幻。儿子喜欢科幻小说，从"地心游记"到阿西莫夫的"基地"系列，再到《2001太空漫游》，都如数家珍。一家三口的观影趣味迥异，能将他们拴到一块的只有科幻片。近几年文学界的风向大变，现如今科幻作家吃香了。他对科幻没有偏见，也不是怕科幻把文学给消解了，而是忌讳所有人开口闭口谈科幻、谈人工智能。作家都应该老老实实在自己那一亩三分地耕耘，成天追着别人的屁股跑有什么意思？他认识不少这样的人，年轻一辈尤甚：小说挣不了几个钱，就一窝蜂扎进影视行业，做编剧、搞科幻，这样来钱快，能让他们活得有尊严。

　　他还想添饭，妻子瞪了他一眼。她一再强调，饭吃七分饱，你平时吃太多了，不健康。他有些愤懑，埋怨妻子管太宽。饭吃不饱，跟饿死有什么区别？他是闹饥荒那年出生的，乡下没什么好吃，母亲奶水不够，挨家挨户讨几粒米，攒在一起弄成米糊喂他吃。所以，他生下来就对饥饿有记忆，不像妻子家底殷实，又晚生几年，逃过了一劫。这时他又想起一些不顺心的事，思绪紊乱，不想和妻子抬杠，搁了碗筷便到书房闷坐。

　　找烟时，他摸到了大衣侧兜里那封信。

我妈不敢上街买菜,也不敢来找我。买菜的问题容易解决,有个老邻居和她关系好,不怕得罪那帮堵人的小弟,她提着大袋小袋往我家门口走过去时,他们就坐在车里摇头晃脑听歌,也没下来拦住她。放贷的有个规定,讨债归讨债,不能弄出人命,做这一行的要懂江湖规矩。如此一来,他们就无乐趣可言,只能干瞪眼,看邻居大婶从眼前经过。有个好事的,朝她点了个鞭炮扔过去,吓得她跳着脚躲开,一边不忘高声咒骂,他们便都哈哈笑了起来。我家的电线被切断了,幸好水没断。他们隔一段时间就用大广播给我妈,同时也给广大的街坊邻居播报我爸欠债不还的恶行。我妈活了大半辈子,头一次被人围堵在自己家,大广播适时响起,让她想起从前当红小兵时,也曾跟着大广播喊些口号。她被广播折磨得头疼,就报了警。派出所来了民警,讨债的嬉皮笑脸,还给民警派烟。民警觉得眼下没闹出什么事端,便假模假样地警告几句。我妈哭爹喊娘,央求民警赶走那帮人。可这不管用,派出所没少在这帮人身上捞油水,出警就是做做样子,给个定心丸。民警问我妈,他们打你没有?我妈摇头,但他们放大广播。民警却顾左右而言他,你们还钱,还了就没事。我妈说,不是我欠的,是我老公。民警说,夫妻债务共同偿还。我妈气得瞪眼,凭什么?民警还想给我妈普及法律知识,我妈干脆指证说:我家电线断了,是他们干的。民警说,我帮你打电话叫人修。我妈知道这个办法行不通，修了他们还会剪，就跟民警说：免了，就这样吧。民警走了，我妈气得在屋内打转，把人家的祖上十八代骂个遍，不解气，于是打电话跟我联络——那帮人还没神通到能切断手机信号。她躲在房间拨了我的手机号，开始时，她的声音压得很低，像蚊子叫。后来一激动，就把这几天发生的事，大大小小，连哭带骂，一件不落讲给我听。你爸手机关了，也没个回音，他不回来，我就要死在这里了！我在舅舅家客厅，刚讲完我爸被追债的事，我妈就在电话里把细节补充完了。我开着扬声，安慰我妈说，他们不敢动你的，等把我爸找回来，再看怎么解决。我妈发泄完怒火，问我晚上睡哪里。我看看舅舅，舅舅看看舅妈，舅妈面无表情地说：就睡你外婆那间。他们家有两栋二层楼房，中间隔着一块水泥埕①。我们现在待的是他们平时吃住的地方，另外一间客厅有木床和行军床各一张。木床是外公生前睡的，他卧床两年去世。他走后，外婆独自睡行军床，每天守一台破电视机过日子，到了饭点再颤巍巍挪着脚过来。

　　舅妈抱了一床被褥叫我自己铺。外婆想帮忙，我说不用麻烦。外婆就不作声了，在一旁站着。老人家身子佝偻得厉害，裹着一身黑棉袄，眼窝塌陷，两鬓染霜，看起来怪可怜。我不忍心，就说，外嬷，帮我牵下被角。外婆

---

① 指水泥地面。

便伸出手，抓住了被角。我说，好了，外婆就松开手。我又说，不早了，可以睡了。外婆就像个孩子那样，念叨了几句，脱了鞋钻进被窝。我长这么大，还是第一次和外婆睡一间房，这个小客厅冬天挺冷，头顶是间阁楼，外公外婆年事高，那里空了很多年。客厅背后是间养鹅场，白天呱呱嘎嘎的鹅这时也安静了，但鹅屎味隐隐飘来，门窗关紧，还是能闻到那股臭味。沉重的木板门关上之后，里面才暖一些。外婆问我，孙啊，你现在赚钱了吗？我说，辞职了，没事做。外婆"哦"了一声，问我要不要钱，她有。我妈从小就教我，老人家的钱千万不能拿。我就说，不用了，我自己有存钱。但其实我连个屁也没有存。想到现在躺的就是外公去世躺过的床，我的心里一阵恐慌。我没赶上看外公最后一眼。等见到他时，家人已经给他穿戴齐整了。他生前那么高大一个人，那时身体缩得那么小，皮肤皱得像纸，嘴唇惨白，双手交叠，好像只是睡着了。

  我想象如果此刻自己就要死去，还有什么遗憾没完成。一件件数过来：我还没有娶老婆，还没有赚够钱，我爸的债可能十几年都还不完，我家的房子可能要抵押出去。我从自己出生想到死去，中间一段混乱不堪，大学没考上，成天泡网吧，进编织厂上班又坐不住，工作换过几份，转来转去只在镇上挪窝。我想出去打工，去广州或者深圳、佛山，随便哪个地方，只要不在乡里混吃等死。我妈不让，我爸倒没什么意见,他说,你出去,什么都得自己来,我帮不了你。我爸以前是帮乡里的卫生院送药的,说白了,就是个药贩。这一行他干了十多年,后来有次进了一批劣质药,卫生院大夫开给病人,把人吃死了。这事闹起很大的官司,批发药的头家被判了刑,我爸也给关起来,吃了一年牢饭。与此同时,他在这一行也失去信誉,永远地失业了。他出狱后,新交故友都躲着他,他混过不少行业,无一不是以失败告终:跟人合伙做水果生意,赔了,去义乌做玩具,又给外国佬卷了货款,跑到国外去了。他混得风生水起时,我是小学班上第一个玩变形金刚的。这些年他起起落落,我们也跟着时好时坏。他重拾药材买卖时,我妈劝过他几句,他说,我就赌一把,实在不行就收手。现在,他彻底给拍死在岸上,差点就从药贩沦落为"要饭"。这些年我是只啃粮仓的老鼠,粮仓一空,我也不知道还能去哪里,还能做什么。以前的同学大多外出了(也有相当一部分留在本地),家底殷实的,不管在哪里都活得自在。大家都在拼命向上爬,或者拼命地挥霍。乡里的楼房越起越多,田地越来越少,不然我最差还能去扛扛锄头。但自我爸这一代人起,我家已经摆脱了农民身份(家里甚至连一把锄头也没有)。

　　我想起以前经常从我家门口路过的一对父子,乡里人管老的叫"国王",小的叫"国舅"(以此类推,他们家还有"王后"和"公主")。这一家在乡里总被看笑话,国舅生来有点憨，小学没读完就重蹈他爸的老路，父子二人身形差不多，长得也差不多。他们早出晚归，比乡里任何一个种田人都落力。小时候我端着碗，蹲在门口看他们荷锄而归，月亮高挂头顶，国王肩扛锄头行在前，国舅牵了水牛跟在后。他晒得很黑，常年打赤脚，看人时总咧嘴傻笑，见我捧碗吃饭，也朝我笑。我吓得慌乱地逃进家门。不知道为什么，我竟然会想起这些。他们是别人眼中的贫困户、末等人，大人总教导孩子好好读书，不然长大了就要当"国舅"。可我现在的处境，有家不能回，有妈不敢找，比他们这些人还不如。我越想越伤心，扯过被子蒙住头。舅舅家的棉被大概几年没洗过，由内到外一股酸霉味，我鼻子难受，伸出头在黑暗里喘息。

他盯着这叠米黄色稿纸，将它们平铺在书桌上，手稿一共十九页，每页抬头都是"福建省龙岩市长汀县看守所"。字是用蓝色圆珠笔写的，字迹潦草，有的字写错了，有的还歪歪斜斜出了行。更加奇怪的是，信封上只有监狱的地址，没有署名。他在稿纸上翻了翻，也没找到名字。他的第一个疑惑是，寄件人是如何找到他的？一个远在闽南的在押犯，怎么会给他这个身在北方的大学教授寄来手稿？他想了很久，也理不出个子丑寅卯来。他想，寄信人是利用休息的间隙写下这份手稿的，中间有间隔，分了好几次才将手稿写完。

他对监狱的制度并不熟,不知这样猜测对不对,也不知道应该如何定义这份手稿:是小说、故事?还是纯粹的自白,类似"忏悔录"那样的文体?他是被学术喂养大的,在大学的体制里待了太久,也和当下社会离得太远,书斋里忧国忧民,永远只是纸上谈兵。萨特不是说知识分子应该介入么?他们这批八十年代走过来的人,早已成了犬儒(他一直觉得"犬儒"一词是个伟大的发明,《史记》形容孔子是"丧家之犬",也是一个绝妙的比喻)。面对这份文稿,他才恍然发现,自己深谙的那套批评概念失效了,他在西方的学术话语中浸淫太久,喜欢将文体放进抽屉格子分类摆放,却忽略了在我们的传统里,先人早已用"文"统摄了所有文类。

写信人照理说未曾受过写作的训练,然而好像天生是个讲故事的能手,叙述口语化,张力十足,对细部的描写也相当精准。他留意到文中几次出现的方言词,如"厝内""外嫲""落力"等。联想到信件发出地在福建龙岩,他推断,作者讲的是闽南方言,但具体是福建还是广东,他拿不准,手稿没有过多透露地理方面的信息。他脑中飞速闪过什么,便站起来拉开身后入墙式书柜的玻璃门。很快,他翻到了葛兰西的《狱中札记》,紧挨着是瞿秋白《多余的话》,那是瞿秋白最广为人知的作品,落款为"汀州狱中"。他想起来,长汀以前叫汀州,无论如何,这是个巧合。他将《狱中札记》和《多余的话》抽出来,摆在桌面上,让那叠米黄色稿纸和它们排在一起。前两个是马克思主义者,一个为意共创始人,一个是中共领导人,他们几乎在同一时代陷入"历史的纠葛"。葛兰西一九三七年卒于意大利南部,瞿秋白早他两年死在福建长汀,一个被法西斯政府逮捕下狱,最终脑溢血身亡,一个遭国民党政府枪决。如今摆在他眼前的,是他们的长篇"遗言",还有另一份不算遗言的"遗言"。

现在是二〇一七年,手稿的主人未必知道葛兰西,可能连瞿秋白是谁也一无所知,他只是一个在押犯,历史的局外人。他在看守所里写下自己的故事,然后寻思着寄出去,连份底稿也没有留。所以,他对手稿的阅读和散漫的联想似乎显得牵强,他知道,自己又犯了知识分子故作矫情、牵强附会的毛病。

起初他读得很慢,就像往常给学生批改习作那样,还用笔在稿纸上勾勾画画,然而这次,他没法将它当成习作。他趁着兴致,将余下部分读完。最后一个句子像钉子扎进他的心,他放下手稿,长叹了一口气。接着,他起身在书房踱步,试图勾连这份手稿流徙的轨迹。突然间,他记起来一件事,便穿上大衣,拿了车钥匙,心急火燎地准备出门。妻子问他,这么晚了,还去哪里?他说,去趟办公室,马上回。

我在后半夜给人摇醒了,摇醒我的是我爸。我在半睡半醒间见到他,像撞见了轻飘飘的幽灵。他看起来像给人重重敲了一锤,几天不见,老了几岁。他低声和我说话,喊我跟他走。我不见他还好,一见他,就想跳起来和他干一架。灯开了,外婆坐在床头(是她起来开的门)。我爸让她老人家先去睡觉,他要带我出去一趟。我说我不走,我爸急了,按住我肩头,一脸严肃地说,他们追来了,你不走,连累你舅一家!我不知道他是故意吓我,还是真的火烧眉毛了。我问他,你这几日跑去哪里了,我和妈被你害惨了。我爸聋了,没回答我,只是不断地回头,紧张兮兮地望着黑黢黢的门口说,快点收拾!我意识到问题的严重,便起身穿衣服和鞋子,安慰外婆说,不要担心,我们解决了问题就回来看你。外婆眼睛发红,我赶在她落泪之前和我爸关上门,走了。

　　出了门我才注意到,我爸肩上背了个帆布包,里面不知道装了什么,鼓鼓的,走起来哐当哐当响。我问他,包里是什么?我爸说,没什么。

　　我说,你,你要去抢劫?

　　我爸笑起来像哭:贴我十只胆,我也不敢!

　　说话间,我们路过了外婆乡里那座红砖墙的庙,庙门敞开,庙里烛火闪烁,我感到后背脊一阵凉。

　　我爸不敢走村道,而是选了田间小路。那里没有路灯,他借着微弱的月光走在前面,我踩着他影子紧随其后。我们穿过田园,上了公路。我问我爸,咱们到底去哪里?我爸停下来,回头对着黑暗中的我说,去找卖药的讨钱!我问他,你知道他人在哪里?我爸说,只要是个人,只要活着,就不怕找不着。我不知道这句话是说他自己,还是针对那个坑了他钱的人。公路上车辆很少,车轮滑过路面的摩擦声在这时听起来特别响。我们的对面是另一片田地,再往北面就是一座大山。我爸站在路边朝路过的车招手,很快,一束车灯朝我们急驰而来,又慢慢停下。一个跑出租的福建人摇下车窗,操着一口闽南腔的普通话问我们:顺风车,漳州一百,走不走?我爸也没有告诉我究竟要去哪里,就打开车门,推我上车,自己坐了前排副驾驶座。车里有股混合了烟味酒气和呕吐物气息的酸臭味,我捂住鼻子,不敢开窗。车在破败的公路上颠簸前行,尽管车窗紧闭,寒气还是从缝隙里渗进来。我肚子饿得咕咕叫,在这种要命的关头,我们像两个亡命徒那样在路上狂奔。

　　天快亮时,司机将我们放在东山岛一家温泉酒店旁,我们在路边找到一家卖早点的,我爸从裤兜摸出两张十块钱,递给我,说,想吃什么就点。我饿过了头,胃泛酸水,疼得难受。我拿过钱,胡乱点了一通。早点摊只是一个低矮的简易瓦棚,四面漏风。卖早点的女人看到我们两个流浪汉模样,端豆浆和包子过来时,就忍不住多看几眼。我们围坐在水泥地上的矮桌边吃。我爸双眼通红,头发脏得快出油了。我是头一次见到他这么邋遢。我想起小时候他带我坐车到人民公园玩,路过卖玩具的摊档,会给我买水枪和气球,他很早就结婚生了我,那时他比我现在的年龄大不了几岁。现在,我们坐在这个陌生的地方,身无长物,举目无亲。我爸想把这辈子的坏运气赶跑,所以想到了这一招。他吃饭时,脚不自觉地抖起来。我问他,你能拿那个人怎么办。我爸说,没怎么办,你先吃,吃饱了跟我走,等把钱讨回来还好债,我就是死了,也要赚钱给你成家。我把最后一个包子塞进嘴里,大口嚼了几下吞下去。我说,我不成家,不害死下一代了。

我爸抹了抹眼睛,问我,是不是对他有怨气?

我说,没有,都这样了,怨气又不能当饭食。

我爸说,我也没办法,我运气不好,做了这么多年生意,连个屁也没存。

我知道这么说下去,情况只会越来越糟,便强装轻松调侃他,你存了屁也没用,又不能换钱使。

我爸问,吃完了吗?

我鼓着腮帮,点了点头。

我们搭了三轮摩托来到东山岛温泉度假村。我爸见我紧张兮兮,便说,别担心,我们是讨债,不是来杀人。他没有告诉我是怎么打听到这个人的下落的。我们到时,他应该躺在别墅的大床上呼呼大睡。我们走向那片海滨别墅区,东方已经亮出了鱼肚白。隔着一片沙滩是海,我听到防风林被风吹得唰唰作响。寒风刺骨,我裹住衣服,跟在我爸身后。别墅门口停了辆黑色别克车,我爸朝那辆车啐了一口,跟我讲明计划——你守在门口,管别墅的人要是来了,无论如何堵住他们。我望望四下,空无一人,连片的独栋别墅像一只只巨型火柴盒。我害怕起来,劝我爸说,要不算了,回去吧,我们不讨钱了。我爸说,开弓不回头,给人欺负了,是不是要讨公道?这话不是没道理,我低着头,不再说什么。我爸压住嗓子说,打起精神,出了事我担!

前几天我们是被追债的人,现在我们又成了讨债的。想一想真是讽刺,我们父子成了一条绳牵住的蚂蚱,那条绳牵得那么紧,我没法再动弹。

我爸打开包,我这才知道,他带了一条二指粗的铁链和一把锁头。他将铁链穿进别墅大门的门环,缠了两圈,用铁锁牢牢拴住。锁头碰到铁链,发出哐啷一声。我守在门口,像个狱卒那样,盯着别墅对面一块空旷的水泥地。我心慌,双腿禁不住发抖,喉咙紧缩,忍不住干呕起来。我用手捂住嘴,待身体巨大的不适感平复后,从地上捡起一截手臂粗的树枝,握在手上权当武器。

我爸绕过我,身上的包从我眼前晃过,不知道里面还装了什么。他很快转到别墅后面去了,那里正对着沙滩。我们就这样一前一后,将别墅"守住"了。

后来的事,你大概也猜到了。我爸实行了他疯狂的计划,他敲碎了别墅的窗户,我在前头,听到玻璃震碎的脆响,紧接着是一阵哭喊,男人和女人的声音混叠在一起。我听到一把粗哑的声音呼号道,有话好好说,别瞎搞这些!接着是女人尖厉的呼叫声。我听到我爸说,把诈我的钱还了,什么事都好说。里面的声音回道,我没诈你钱,跟你说过多少遍了,那批药被偷换了,不能怪我!听到他们的争执声,我的心跳到嗓子眼,一下子忘了我爸的命令,丢下那半截树枝跑了过去。我看到我爸手里握着炮仗——手榴弹大小,我们乡下都叫它"企脚铳"——脖子上青筋暴露,手里的打火机正对准引信。我爸扯着嗓子喊,信不信我炸死你。里面随即响起慌乱的脚步声。风吹起了我爸身上的衣服。我的脚像是被钉在地上挪不开。我来不及阻止他,他已经把引信点燃,将企脚铳扔进去了。爆炸声响起时,落地窗猛地涌出一阵巨大的火光。我看到他往后撤退,像根被砍倒的树桩。我吓得瘫软在地,耳朵轰鸣刺响。那个瞬间漫长得像停止了。等我从轰鸣声中回过神来,看到两个烧着的人影嘶喊着从落地窗那里跑了出来。我的右手臂被震飞的碎玻璃刮伤,血流出来,疼得我不断哀号。整片别墅区都被爆炸声惊醒了,我看到有人朝我们这边跑过来。我压住受伤的手臂朝前走。这时,我才看到我爸躺在地上,脸上全是血,四肢不停抽搐。玻璃渣子落了一地,别墅浓烟滚滚,冒着乌烟的窗帘被风吹曳着,如同死亡黑色的翅翼。

打死我也没想到，那栋别墅煤气管道泄漏，我爸的炮仗扔进去时刚好引燃了煤气，巨大的冲击力将他扑倒在地。消防官兵和警察赶来时，我正抱着我爸的身体哭成泪人。他们把我掀翻，双手反剪，扣上了手铐。别墅里那对男女严重烧伤，我爸脖颈的大动脉让震飞的玻璃片切断了，失血过多，送到医院时，已经停了呼吸。

我爸原先只是想威胁那人叫他还钱，他从没想过杀人，也从没想到会把自己的命搭进去。他到死也不相信，那人说的是实话，他和我爸一样，也让生活驱赶着满世界打转。他说的没错，那批药材叫我们乡里搞物流货运的人掉包了，掉包者被抓，可是我爸永远回不来了。

在看守所的这段时间，我妈和我舅舅他们来看过我，两个表弟也来了。小表弟现在在公路边租了个档口卖粿条，大表弟又辞工了，现在和舅妈的关系搞得很僵。大家都对外婆守口如瓶，骗老人家说我爸去了外省做生意，我也跟着去了。他们走后，我一个人哭了很久。

看守所要我们写材料，我写着写着，就把这些事写出来了。我把剩余的稿纸收起来，每天有空就写一点，涂涂改改，总算成了现在这样子。这几天，我老是做梦，梦见四五岁时的一件事。那年"相信科学，破除迷信"的口号喊得正响。政府三令五申，禁止一切封建迷信活动。我们乡里举办了几十年的游神赛会也遭明令禁止。但政府的态度遏制不住乡民的群情,起先大家去镇政府门口静坐,喊口号,后来有人点鞭炮,敲锣打鼓,把里面上班的人吓得不轻。隔一晚,整栋镇政府的办公楼就没人来上班了。后来事情越闹越大,乡里年轻人几乎都出动了,有在镇政府门口喷漆刷大字的,有在公路边路灯上挂抗议横幅的。到了游神的正月初十那天,上面派来了警察,当地派出所迫于压力,也不得不出警配合。一边是人潮汹涌的游神,年轻力壮的后生扛着神像在村道上跑,围观的本乡人和外乡人高声起哄,加油助威,另一边是由公路上下来的警车被人堵住了,轮胎遭人用尖刀扎破,没有一个警察敢开枪,冲破了人墙开到官庙前的一辆警车让众人掀翻了,有一个民警仓皇逃出,躲进一户卖鞭炮的小卖部。

那天我骑在我爸肩头,目睹了乡民将余下的警察轰进庙里,门从外面被锁上了,那几个人无路可逃。接着,有人爬上了庙紧邻的屋顶,将"企脚铳"扔进官庙的天井,震耳欲聋的爆炸声一阵接一阵,很快乡民的报复心被激起了,有人从正门往里扔石头,伴随着众人一浪高过一浪的呼声,里面的人爬上天井,高举着脱下来的白色衬衣投降告饶。

我隔着高耸的龙香,远远看到白色衬衣晃动了几下,人群爆发出潮水那样的喝彩声,我也跟着嘻嘻笑起来。

受伤的警察互相搀扶着,游兵散勇那样撤退了,人们再次欢呼。

我骑在我爸肩头,看到他的头顶落满飘过来的细碎香灰。他蹲下来捡起地上一块石头,我捏在手里,奋力朝前扔。石头落在了庙前的水池里,扑通一声,溅起小小的水花。

我长大后才知道,那时乡民的所作所为妨碍了执法,媒体形容他们为"暴民"。可那时的我,何尝知道这些。

他连夜赶到办公室,在杂乱的书柜里翻到一本老牌的文学杂志,他记得,昨天来访的那位作家的首部长篇就登在这一期。当时编辑部约他写评论,随刊一起发表了。这部长篇后来斩获某个重量级文学奖(他也是评委之一)。小说围绕一场葬礼,用多重视角的嵌套结构,追溯了一名乡间"恶人"的生平,形式上颇得福克纳的神髓,好在文本做了大量本土化处理,不至于让明眼人揪住尾巴。小说在编辑部引起了一些争议,争议焦点落在小说人物的对话上。编辑部建议他将那些过于书面语的对话改得口语化些,但是这位固执的作者不从,他说:不要指责作家写的人物对话生硬、做作,不真实。在现实生活中,很多识字不多的人在提到"半身不遂"的时候,用的不是标准的"瘫痪",而是《庄子·杂篇》里的"偏枯",你能说一个文盲不可能用这么深奥的词吗?他记得,当时写评论时,他也曾就语言的问题作了几点商榷,不过最后他还是肯定了作品叙事的野心和对人性恶的挖掘。现在想起来,他不禁一阵唏嘘:一部小说的诞生太不容易了。现在,一些线索被拼接和串联起来,眼下的情况也逐步明朗:这本文学期刊流传到了看守所(他假设看守所设有读报室,提供书籍读物以提高犯人的文化修养),在一个很偶然的时机,一位在押犯读了这部新作和后面的评论,便将手稿寄给了他。问题是,为什么他不寄给别人,而是寄给这么一位批评家?仅仅因为评论文章后面标注了他的工作单位和邮编?不管怎样,他无法被这样的理由说服。

他带着复杂的心情回了家。妻子洗漱好躺到床上了,儿子的房间还有亮光。他没有跟妻子讲明这天发生的事,妻子问他怎么一脸疲惫,他说最近批改论文,实在累了。

隔天起来后,他把手稿交给一位学生,请对方将文字录入电脑,并发邮件给他。

那天余下的时间,他要做的事,就是找到手稿的主人——准确说,是找到他的名字。无论如何,手稿不能是匿名的,也不能在作者一栏简单冠以"佚名"二字了事。他辗转查到长汀县看守所的电话,打了过去。他讲明来意,看守所的工作人员要他提供身份证号,并和他说,不涉及保密的案件,他们可以告知要查的人是否为在押人员。他说不出那个人的姓名,便和电话那头解释半天,那人让他稍等,请示了领导,这才获准帮他调阅看守所的信件收发记录。在电话里,工作人员说,你要查的人前天出狱了。他记下姓名,连连道谢,随后挂了电话。

晚上,学生将原稿和打印的样稿送到他手上,电子文档也发到他邮箱了。他拿着那叠稿件，难以抑制内心的激动，步伐也不觉间加快了。在回家路上，他眼前闪过一句话：讲故事，就是将世界不为人知的"内面"翻过来。他反复琢磨着，决定将作者的名字郑重地添到稿纸上，推荐给杂志发表。做好这一切，他还是不放心。为稳妥起见，他又伏案拟了封信（写信对象是那位素未谋面的手稿主人），随稿一并发给编辑，建议作为小说评论予以发表。至于题目，他也酝酿好了，就叫《诞生：一份小说手稿》。

秘密

1. 抽屉的秘密

男孩从未想过，好奇心会害了他。

他望着手掌，蛇形的红色印记还在。他清楚地记得竹子落在掌心灼热的痛，就像有人拿烫红的铁烙上去。那个脸型微胖，走起路来像只鸭子的女教师，责令他摊开掌心，接着将羞辱鞭笞下来。他后悔不该捉弄前桌的女生，她哭着找老师的样子虽然可爱，但同时也令他害怕。走进办公室时，他红了眼圈。

总是这样，惩罚比预想中来得更快，而比惩罚更严重的，是回到家中父母的训斥。

父亲呵斥他：过来！

他乖乖走过去，人未到父亲跟前，眼泪已经落下。胸前的红领巾模糊了，他看到一片黏稠的赤红氤氲开来。他不知道大人为什么总爱把事情想得如此严重，他只是出于好奇才揪了女生的发夹，她辫子上的绿色发夹像一只蜻蜓，振着翅膀引逗他。他失望地噘噘嘴，同时听到女生尖厉的叫声。她的叫声飞在教室里,这让他的耳膜受到了轻微的损害。

哭过之后他擦干眼泪。饭吃到一半,就搁下不吃了。大人们在饭桌上大声地说着什么,说着说着,吵了起来。争吵的声音很刺耳,他听着耳朵就要爆炸了。他独自走进客厅,打开电视柜的抽屉,警惕地回望了一眼,接着,才迅速拉开抽屉,将握紧的拳头伸进去,再松开。"啪嗒"一声,他听见轻微的响动,发夹丢进去了。他松了一口气,满意地关上抽屉。这是电视柜上从左数起的第二只抽屉,上了鹅黄色的油漆,表面光滑,和其他两只抽屉没有什么区别。抽屉装了很多杂物,他觉得它像一张紧闭的嘴,现在这张嘴把绿色发夹也含进去了。过了一阵子,他不放心,再次打开抽屉,发出一阵粗糙的摩擦声。

他兴奋地将头伸过去,却发现,发夹不见了!

他眨了眨眼。一定是看错了。他慌张起来,翻了翻抽屉里的证件、账单和其他物什。奇怪的是,翻遍这么一小块空间,连个发夹的影子也没见到。他失望地看着抽屉,它静默着,静默里似乎住了一个小人,是他把发夹藏起来的!他不甘心,赌气将整只抽屉卸下来。抽屉躺在地板上,散发出一股灰尘味。

他打了个响亮的喷嚏,这一次终于确信,发夹不见了。

他战战兢兢地过了一个中午。下午,他又看到了那只发夹。发夹停在女生的马尾辫上,在尼龙绳绑住辫子的地方,颜色似乎比早上他见到的还要鲜艳。他惊讶极了,明明发夹已经丢进抽屉了,怎么还会在这里?他的注意力全在发夹上,听不见老师在讲台上讲什么。难道她重新买了一只?他好奇得很,想探寻真相。好奇虏获了他的注意力,他想问前桌女生,你是不是有很多这样的发夹?熬到下课,他却退缩了,上午的惩罚令他心有余悸,他只能呆呆地望着女生。女生感觉背后有一双眼在盯着她,她回过头,狠狠回敬了一眼。他怯怯地低下头,不敢再问。与此同时,心中的疑惑凝聚起来,使他掉进了巨大的谜团中。

放学之后他匆忙离开教室,走出校门,走进饰品店。冒着被店老板用狐疑的目光瞪视的尴尬,他迅速挑中一只绿色发夹,从裤兜摸出五角钱放在收银台上,接着逃难一般飞快地往外跑。

母亲在厨房准备饭菜,父亲还未归家。他一进家门就奔向客厅。

他拉开抽屉,重复上午的动作。听到"啪嗒"一声,他下赌注似的,狠狠地将抽屉推回去。片刻后,他紧张地环视客厅。黄昏的光线暗下来了,抽屉泛着模糊的光,他惴惴不安地盯着抽屉看,在他的瞳仁里,这个普普通通的东西忽然放大又忽然缩小。

他揉一揉眼睛,深深吸了口气,再一次拉开抽屉,像撬开一张紧闭的嘴巴。

恐惧再次席卷了他。这只抽屉似乎拥有一股惊人的魔力,它吸附并且毁灭物体。他不明白为什么其他东西完好无损,难道它专门吃发夹吗?他不信,打开书包,抽出铅笔袋拉开拉链,丢进去一块橡皮,关上抽屉,再打开。恐惧和好奇像潮汐般一次次扑上来，一次次将他脆弱的心击倒。他从未想到会这样，抽屉成了一个黑洞，连光也一并吸进里头。他像一个失控的机器人，重复了又重复，直到将挂在墙上的全家福也丢进去。发现秘密的恐惧和好奇，随着他的一次次验证，最终转化成一阵狂喜——他几乎要被这阵狂喜给吞没了。心跳得如此之快，像一面巨大的皮鼓咚咚在响。也不知过了多久，一切变慢了，时间凝滞，抽屉缓缓地打开。他听到窸窣一阵细响，巨大的宇宙正在召唤他。他禁不住伸手放进去，再往里探，手迅速地淹没在昏暗光线中，接着，他把头伸进去，很快他的眼睛也被黑暗覆盖。他瞎了，他想睁开眼。这时，身体变得很轻，他掉进去了，抽屉里涌来一股灰尘的燥味。

2. 穿衣镜与日历

母亲站在穿衣镜前，认真地检视身体，像检验一件刚出厂的成衣。她照了正面，又照侧面。上臂有些松弛，大腿还是很紧致很美。生孩子之后，右侧肚腩留下了剖腹产生成的疤。不过相比妊娠纹，她并不嫌弃这道疤，反而觉得这是她从女人蜕变为一个母亲的明证。现在这道疤覆在衣物之下，已经浅得看不清了。

母亲每天都要照镜子，照镜子和行走坐卧一样，已经成了习惯。

她迷恋一切美好的东西，包括自己的身体。只是她不明白，为什么丈夫会厌倦这具美好的身体？难道她不再吸引他了？这个问题盘踞在意识深处，令她无比困惑。她不懂，男人对女人的厌倦是与时间成正比的。他对她的兴趣大不如从前。从前他每次回家，会趁她不注意从背后抱住她，或在她屁股上捏一把；现在呢，他整天脸色沉郁，成天到晚抱怨累，抱怨饭菜不合胃口。她默默忍受他的抱怨，自问究竟哪里做得不好。没有人能提供标准答案。

夜里他躺下来，一身酒气。她还闻到其他气味，她不确定其他的气味是什么，唯一确定的是这气味不属于他，不属于这个家。气味会传染，她狐疑地想，这气味一定出自哪个年轻的女人身上。她的神经和鼻子一样敏感，敏感加重了疑虑，疑虑一天天囤积在心底。他们为此吵了几次。她质问他，你是不是在外面有了女人？低声争执很快就变成了高声对骂。

丈夫眉间聚起一股怒气。眼看争吵即将变质,她改变了策略。嘤嘤哭声持续低徊。她想起邻居的女人，丈夫出轨，她差些从楼顶上跳下来。邻居女人每次碰见丈夫出轨的对象，都会浑身发抖无法自制。那个女人的杀伤力，隔了一条街都能打在邻居女人身上。她痛恨勾引丈夫的女人，也痛恨丈夫。现在她终于明白了邻居女人的感受。嫉妒加仇恨，会令一个女人迅速衰老。她的眼泪并没有赢得丈夫的怜悯。他狠狠地拍下碗筷，起身离开了饭桌。这个"离开"的动作，使得女人的眼泪急速贬值。

她望着丈夫的背影,感觉像生吞了一只苍蝇。

她站在穿衣镜前,胡乱地想着这些。

穿衣镜是他们的结婚礼物,它见证了她容貌的变迁,也见证了岁月对一个家的赠礼和掠夺。为了扫除心中的阴翳,也为了安抚自己,她拉开穿衣镜,露出后面的衣柜。衣柜里挂满了各式衣物:雪纺裙、驼色羊毛衫、丝巾、衬衣……它们曾是她装扮自身的漂亮外壳。小孩读书之后,她有了闲余时间,然而她不再年轻,脸上长了斑。第一次发现脸上有斑,她像看到瓷实的白釉上染了黑点。她买了一堆护肤品,每天早晚不停地擦,试图擦去这可恨的印记。然而脸上的斑点如此顽固,它们盘踞着,无时无刻不在提醒:你已经老了。她最终缴械投降。

她从衣柜取出那件荷绿色连衣裙,小心地换上。太久没穿,裙上的花纹生了褶皱。她关上衣柜门,朝穿衣镜望去。荷绿色连衣裙衬得肤色有了光泽。

身后墙上挂着一本日历,绿色的日期反照在穿衣镜上,像一面水中倒影。

她闭上眼,踮起脚尖,旋转,起舞,像十多年前在舞蹈学校那样。那时她多美啊,一个回眸,一个笑,就能勾起无数艳羡者垂涎的目光。丈夫是无数艳羡者中的一个,他爱上了一个不老的形象。

她沉浸在对过去美好的回想中,丝毫没有注意到,周遭的世界已经发生了变化:绿色的日历数字一个个往回跳,跳过一年又一年，一直跳到十年以前。她从遐想中回过神来，蓦地睁开眼。镜子中是一张再熟悉不过的脸。这张脸太年轻了，扎着马尾，眼眸里水波潋滟。她的意识还停留在现在，一时接受不了这张太过年轻的脸。有那么一瞬间，她捂住嘴巴，克制着不要喊出声来。镜中反照的数字提醒了她。她知道这不是梦，这是真的。日历上的数字，普通得不能再普通。她记不起十年前这个日子究竟发生过什么。现在，这个日子有了特殊的意义，她激动不已，哭出声来。

原来这才是最好的武器，年轻才是最好的武器。意识到这一点，她脸上绽放出一朵笑容，可是笑容很快就从脸上消失了。这不是真的，理智告诉她，这不可能是真的。她怔怔盯住穿荷绿色连衣裙的少女，惊恐的表情浮现出来——镜中反照的数字一个个往回翻，翻动的日历形成一道时间的褶皱。残酷的事实撕裂了她。她陷入无助和混乱中，不知道应该怎么办。她想阻止这一切，却阻止不了——日历像被狂风席卷而过，哗啦啦响，一下下拍在心上。那是时间在大踏步向前，脚步声如此响亮，如此执着。她看见年轻的自己拔足狂奔。皱纹覆上来了，斑点长出来了，白发生出来了。她惊恐地转身，狠狠扯下墙上的日历本。翻页的纸张忽然变作锋利的刀片，一页页割她的手指。她痛得尖叫起来，溅出的血滴在穿衣镜上，即刻映出一张衰老的容颜。

3. 厨房与天井

　　自从患了白内障,祖母总觉得周遭充满了敌意。她挪着臃肿的身体从厨房探出头来,一张脸皱得像宣纸。她不习惯抽油烟机这种现代化的机器,只要轮到她下厨,厨房就会弥漫一股油烟味。隔了大半个客厅,孩子的母亲捏住鼻子走过来,一声不响地按下开关。厨房里立刻响起轰隆隆的机器声。她的抱怨还在老人家耳边响着,祖母一边翻炒芥蓝,一边想,凭什么欺负一个瞎眼老太?

　　祖母年轻时,家中没有厨房,厨房搭在屋外。一个简易的沥青棚,底下一口煤炭炉。烧的蜂窝煤,还要自己印,逢上下雨天,印好的煤块一不小心会被雨水浇湿。烧顿饭像打仗,光是点蜂窝煤就颇费一番气力。后来家里改建房子,才有了正式的"厨房"。那时的厨房并没有煤气炉,砌的是砖头灶,一根烟囱通往外头,墙面还要设一个灶神爷的木龛。烧的柴火,不比煤炭好多少,灶洞要时常清理,掏出来草灰和木炭,墙壁不久就熏得黑黑的。她记得有一次坐在厨房门口钩花,灶里在烧柴火,一口巨大的锅,煮沸的水腾腾地响。那时她大概打了瞌睡。等惊醒过来,回头一看,灶前竹筐里的木屑烧起来了。她从井里打上一桶水,胡乱浇下去,这才熄了火。

　　现在再想起这些,就会想起从前的苦日子。

　　从前的日子她忘得差不多了,她对时间越来越没有概念,经常将昨天的事记成今天的,又把去年的事当作今年的。新式灶台是光洁的大理石,煤气炉搁在上面,她的头上,是那台扁扁的机器。她发现,连着机器通往外头的那根圆管像变形的烟囱。奇怪的是,从前她不觉得烟囱丑,可这横着通到厨房外的圆管,她终究喜欢不起来。儿子说她不懂得享受,还活在另一个时代。她不否认。厨房很空,也很大,她浑身不自在。她想起窝在灶前烧柴火的日子,火光在灶洞中一闪一闪,在人的眼眸中跳跃着。冬天猫在火光前,身子会暖,会有种幸福的感觉。现在这种感觉已经消失了。她对儿子说,我半截身子入土了,哪里懂什么享受?自从儿子结婚生孩子,她就像老奴才,伺候孙子吃喝拉撒,把屎把尿的,一直到他能撒腿跑路,读了书,才算卸下一副重担。

祖母对孩子的母亲非常不满,自从她嫁过来,还没见她做过一顿像样的饭菜。

天底下哪有不能忍受油烟的女人呢?又不是皇帝的闺女!她一个老人家不能一辈子配搭这个家啊,她会老,也会死。想到这些,她用力地关了煤气炉,锅铲碰到锅沿,发出哐当一声响。

午饭后,她习惯搬一张竹椅,坐在天井边晒太阳。房子改建时,儿子想封住天井,她极力阻挠。她不明白为什么年轻人总要追求新式。你看天井多好啊,日头照进来,中间的水泥地,洗衣服、洗碗筷都能派上用场。儿子说,天井不安全。她反驳道,那就在顶上加个铁罩!现在她端坐在竹椅上。日头穿过铁罩晒下光斑。小的都不在家,老头子在天台打理他的蜂箱。她非常享受独处的时刻,温煦的光线贴在眼睑上,传递了光明的幻觉。她尤其喜欢被光包裹着的幻觉,就好像长出了另一双眼。视力衰退后,她就变得迟钝了,不喜欢热闹,热闹会令她不安。这辈子快过完了,她觉得安逸最好,安逸地活着,再安逸地老去。

她一直不肯动白内障手术,视力一年比一年差,周遭的世界在她眼中是恍惚的,光线反射过来,像浮动的牛奶,日影在移动。她回头看了一眼厨房,厨房很暗。这时,她听见一阵清澈的水声。循着声音,她走到墙角的水井(改建房子时,水井在她坚持下幸免于难),低头瞥见自己模糊的身影倒映在水井中。从她所站的位置,可以"看到"井底浮游的过山鲫。因为太久没喂食,过山鲫饿得瘦瘦的。声音就是它们发出来的。

祖母盯着井底,像一个好奇的孩童。底下黯淡的地方渐渐变亮,光亮撕开一道口子。她的视力变好了,竟能看见过山鲫背上的鳞片!井底的过山鲫,身上的纹路、尾巴摆动的幅度,全都纤毫毕现。她双手颤巍巍地撑在井边,过度的兴奋令她晕眩。日头掠过耳边,照在过山鲫身上。她沉浸于恢复视力的欣喜中,全然不知即将发生什么。她屏住呼吸,一双眼睛像被人拉长了,一直拉到井底,贴近那几尾过山鲫。她的眼球彻底附在过山鲫身上了。水声渐响,游动的过山鲫倏忽间长出了人脸!一张又一张,变魔术一般,全都长出了人脸。她浑身僵硬,一时无法动弹。她恍惚发现,其中一尾体形较大的,竟是她自己!她的脸被移植在过山鲫身上了,像一台失败的手术,双眼失明、空洞、呆滞——她被永久地囚禁在井底了。

4. 祖父的蜂箱

　　祖父年老后，爱上了养蜂。他的蜂箱摆在天台，天台变成了他的养蜂园。祖父每天都照看他的蜂箱，蜂箱里住着数不清的蜜蜂。一天到晚，振翅声不间断，它们是养在天台的一群音符。祖父养蜂出乎所有人的意料，家里人也不理解，为什么一把年纪闲下来不做其他的事。养蜂可是件耗心费神的事啊，他们说。祖父倒乐在其中，从不管别人怎么看。他每天起早，吃完早餐就上天台。他已经掌握了一套养蜂的技巧，甚至有把精致的刮蜜刀。家里人都知道祖父爱养蜂，却从来不吃他酿的蜜，他们宁可买市面上又贵又难吃的蜂王浆。大家心照不宣，不吃祖父酿的蜜。祖父不在意这些，不吃就不吃，反正还有其他人排着队要买。

　　没有人敢阻止祖父做一个勤劳的养蜂人。前段时间邻居投诉蜜蜂蜇了他家的孩子。祖父拒不道歉，他劝说邻居在阳台上加铁丝罩，并且安防蚊网。被蜜蜂蜇伤的孩子哭个不停，祖父亲自上门送了他家一瓶蜂蜜，告诉他们涂在伤患处，即可消解疼痛。祖父就这样成功打消了别人禁止他养蜂的念头。现在没人阻止他了。

　　祖父的蜜蜂越养越多，谁也说不清究竟有多少，它们萦绕在天台，占领了整个家。蜂群和祖父熟，它们离不开祖父。天台种满了花草，花草越丰茂，蜂群繁殖得越快。它们采蜜，跳舞，像活在快乐的伊甸园。可是，家里人很少看到祖父笑，不管蜜蜂养得多好，他从来都不满足，他的焦虑不是一天两天的事了。年轻时候开始，他的心就比天高。现在他从权力和欲望的大网上挣脱了，一转头掉入另一张网。

他没有告诉别人他的野心，他想养出世界上最好的蜜蜂。全世界有一万多种蜜蜂，他养的是东方蜜蜂，他还想养西方蜜蜂，可到处找也找不到。他托人去买西方蜜蜂，那人收了他一笔款项，从此一去不返。祖父因此再也不打算养其他的蜜蜂了，他一门心思扑在天台的蜂箱上。蜂箱摆放齐整，那是蜜蜂居住的房屋，它们构成了一个王国，祖父是这个王国唯一的掌权者。祖父沉浸于这种得之不易的权威中，他一辈子操劳，碌碌无为，从没享受过权力与荣耀。

养蜂前，祖父还试过养鸡。他将鸡埘筑在家门口，后来又移到天台上。不管怎么清洁打扫，鸡群总是不受约束地在家中乱蹿。家是用来住人的，他们说，不是养鸡的。鸡群走过的地方，地上布满了鸡屎，它们啄食家中一切可供啄食的东西。后来，祖父终于狠下心，将他养的一群鸡宰了。那次，家人连续吃了一个月的鸡。孙子因为吃太多鸡肉，食欲下降得厉害，好几次吃着吃着就吐出来。

成了养蜂人之后，祖父忘不掉这件事，他觉得自己真是越老越糊涂了。现在他找到了解决之道，既能寄托晚年意趣，又能满足精神追求。蜜蜂是世界上最干净的动物，祖父评价道，它们不会留下任何污垢，生不带来，死不带去，如果人也能这样，天下就太平了。

这天，祖父像往常一样来到他的蜜蜂王国。天气很热，祖父在天台加盖了一顶塑料棚，遮住猛烈的阳光。祖父背着手巡视他的王国，他看到蜂群排列组合成齐整的队形。它们透明的翅翼在空气中扇动着。祖父看得入神，点点头，目光越过蜂群，落在最后一个蜂箱上。最后一个蜂箱引起了他的兴趣。他走过去，弯下腰，拉开蜂箱的盖子。密匝匝的蜂群聚集在那里。祖父看到了蜂王，它像一个君临天下的帝王，被众蜂拥戴。祖父看得着迷，心想，我才是蜂王，你不是。他将盖子完全掀开，直直地注视着蜂王。蜂王也抬头看他。他们的目光在蜂箱中相遇了。祖父的视线是模糊的，他瞥见蜂王眼底散发出来的敌意。他冷笑了一下，重复道，我才是蜂王。

祖父沉浸于对峙中，他的目光被什么东西附着了，越来越矮。接着，他的身体变成了橡皮泥那样软绵绵的东西，一点点缩小。蜂箱在他面前，像膨胀了的气球。祖父被蜂群簇拥着飞了起来。他的双脚离开地面，人变得很轻，塑料棚在头顶像苍穹一样展开，广阔无垠。祖父的意识强烈地抗拒这种改变，这荒唐的情境并不符合常识，可他完全控制不了。

蜂群将他送进蜂箱。他来到了蜂王面前，蜂箱里有一股甜腻的气息。祖父既惊惧又好奇地环顾四周。这一次,他终于看清了蜂王的面目,它狰狞的表情上透出桀骜不驯。祖父的腿脚颤颤巍巍,他身处蜜蜂的包围中。这些原本不到指头大小的蜜蜂,现在变作了庞然大物。祖父像被捏断翅膀的无助的苍蝇。他从来没有遇见这种事情,他想,我一定是在做梦。他看到蜂王凑近来,它的眼睛里藏着无数的秘密,它在冷笑,祖父浑身的血液都沸腾了。他知道蜂王在示威,它才是统治世界的君主。这只邪恶的蜂王,它要置祖父于死地。祖父感觉到死亡的威胁,他拼尽气力跑起来,可是蜂箱太滑,他怎么也逃不开迷宫一般的蜂箱。他一次次滑落,一次次陷入绝望。

后来祖父被人发现时,正僵直地躺在天台上,他的身上蜇满了蜜蜂。

5. 晚归者,钥匙孔与燕子巢

父亲的步子在晃,眼前的世界也在晃。他扶着墙,发现门前的花草在黑暗中朝他招手。花草在笑。他身体的每个毛孔都散着酒气。这令他感到周身舒爽,好像身体开了无数的小洞,这些小洞是透气孔,它们将他身体里的酒精吐纳出来,就如呼吸那样。喝酒就是呼吸,呼吸完了,还要享用女人。这是他的酒桌哲学,女人就是他的下酒菜。

从停好车,关上车门那刻起,他就知道自己安全了。他成功逃脱了酒驾的危险,那个世界被抛在身后了。他晕晕乎乎将车开出停车场,再转上公路回到家,凭的不是其他,而是意志力。就算他醉成了烂泥,他也是一摊意志坚强的烂泥。这么多年来,他靠着这股意志力驰骋生意场,生意做得越大,意志力就越坚强。他不明白,为何酒精没有击垮他的意志力,反倒催生出追逐和奔跑的力气。

他喜欢趁着酒劲"享用"女人。这个词剔除了怜悯,只剩下赤裸的交易,就像你享用美食,享用服务一样。酒精会降低人的道德感。他看得通透了,犯一次错是错,犯多次错就不是了。道德感只是遮羞布,很多人围着这块遮羞布起舞。他不需要遮羞布,安顿好妻儿和家人便足够了。

他从口袋掏出一串钥匙,黑暗中,钥匙和钥匙碰撞,发出清脆的响声。金属的响声带着金属的味道,直直蹿入他的鼻腔。他将钥匙举到鼻尖,用力地闻了闻。在钥匙和钥匙之间,他好像看到了什么,对,是钥匙孔,脱离了钥匙孔的钥匙,现在凝聚着幻象。他看到酒店的房间,以及房间中女人玲珑的曲线。他将其中一把钥匙插入钥匙孔,就像他对女人时常做的那样。他摸索良久,钥匙总也对不上孔,这种情况令他愤懑,他蹲下来,凑近去,用手摸。钥匙孔凹凸的地方手感很好,他以为是一个女人,这个想象令他亢奋。

他捏着钥匙串的手在抖,酒精的后劲开始发挥作用。他试了一把钥匙,又试另一把,令他疑惑的是,没有一把钥匙对得上,这个家以"不匹配"的方式拒绝他的进入。他一肚子火,站直了身子,抬起脚踢了过去。皮鞋踢到铁门上,发出哐当一声。他扯着嗓子喊,没人应答,屋子死寂一片,不见亮起的灯光,也听不到人说话。他如此反复,直到嗓子喊哑了才停下来。

妻子竟然以这种方式惩罚他。他从没这么窝囊过,即便必须在生意场上点头哈腰,他也从不觉得有失尊严。家里都是他说了算,轮不到别人来教训他。生意做大之后,再也没人来管他了,他想做什么就做什么,想不回家就不回家。要是放在从前,可不是这样,从前他顾妻儿,再忙再累也要回家,仿佛不回家心就不安。现在的家对他而言,更像一间旅馆,住几天,离开,再回来,再住几天,再离开。他颓丧极了,靠着门坐下。想起妻子那张脸,不知为什么,他忽然恨死这张过早绽放又过早凋零的脸。当初看上她,不就图这张脸比别的女人好看吗?可是,好看的东西往往短命。

他想不起来,第一次背着妻子和其他女人睡到一张床上究竟是什么时候。他只记得,半夜惊醒,发现自己躺在一张陌生的床上,身边的女人睡姿慵懒,房间混合了纵欲的气息,他胃里一阵难受。后来,他习惯了。他像一个集邮爱好者,将不同女人收集起来,盖上邮戳。

他想到这些,心里烦乱。他集中注意力企图驱赶烦乱,这时听到一阵叫声,起初轻微得几乎听不见,像是什么动物在叫,是蝙蝠吗?

他环顾四周,除了门口路灯透进来的一丝微光,什么都没有。声音在他头顶,他觉察到了,遂起身靠在门上。他心里头鼓着气,声音钻进他耳朵里,好像在向他宣战。他想起女人的呻吟,一浪接着一浪,声音的波浪托着他,让他晕晕乎乎的,差一些就要醉倒。但是他不能醉倒,他必须清醒。他确定了声源,接着要做的就是消灭它。

在酒精的催促下,他脱掉鞋子,赤脚站在门前。算上伸直的手,他距离头顶那个位置还有一米左右。恍惚中他看见斜靠在门口的梯子,便将梯子移过来,搭在门上,光着脚爬上去。以前过年贴春联,他也是这样爬上去的。

他的身体背对着发声的地方,到了最顶上,他艰难地转身,将脊椎拧成一根麻花。他看到了,半碗状的燕子巢黑乎乎的,黑暗里头有身影在蠕动,那是几只刚孵出来的雏燕。尽管酒意迷离,他还是不相信这个家屋檐下会有燕子巢。二十年前,屋檐下有燕子筑巢,它们用泥土和唾液构筑一个家。那时他还年轻,不理解燕子筑巢的行为,后来他明白了,燕子筑巢,就像人类劳作维持家庭一样。只是现在,"维持"变质了,燕子飞走了,留下的燕子巢被捣碎,成片的泥屑掉下来,间杂着几片轻盈的羽毛。

他胡乱地想着这些。他要捣碎这个泥土筑的家,想看看轻盈的羽毛随着泥屑落下。

他从口袋取出手机,哆嗦着按亮了屏幕,绿莹莹的光照下,几只雏燕的眼睛也是绿的。它们在发光。他咧开嘴笑起来,带着毁灭的快感伸出手,掰下一角泥块,靠在鼻尖闻了闻。泥块有一股咸咸的味道。他的入侵吓坏了那群雏燕,它们发出警惕的叫声。叫声越大,他越兴奋。他的破坏欲鼓胀着,又伸手掰下更大的泥块。这时,有只雏燕啄了他一下,疼得他缩回手。手机屏幕暗了又亮,他被眼前的景象吓得魂飞魄散,那个燕子巢,那群雏燕,忽然都变成了人。他睁大眼睛,那是他自己、妻子、儿子,以及父母。他们缩小了,窝在碗口大小的巢中,朝他投来敌视的目光。他被吓坏了,酒意清醒了大半。他觉得自己撞鬼了,鬼影幢幢绕着身边旋转。没错,它(他)们在审判他,叽里呱啦的话从不同人嘴里说出来。他感到脑袋里有一千匹马在狂奔。妻子的眼睛淌着泪,孩子在哭,父母的灰白头发如此刺眼。恍惚间,他看到自己跪在地上抱头忏悔,变成一个死刑犯。他听到了自己在哭,哭声凄厉,从胸腔发出,从喉咙喷出,直直地刺向耳膜。他无法抑制内心的怒火,挥着手臂,像个练醉拳的人,将手砸了下来。

神童与录音机

时候不早了,刘恪从一阵拉扯的抽动中睁开眼,右手手腕上紧绑的绳索勒得生疼。他知道,儿子醒了,世界经过漫长的停顿又重启了。他睁开眼,看到儿子坐在床边地板上,布条绕过他的颈部,从左边肩膀突起处隐没。光线透过窗帘射进来,房间半明半暗,叫人生出穴居动物般的荒诞感。

刘恪醒转过来,肢体感觉比昨天更钝重了些。一天中,儿子大部分时间是醒着的,他就像湍流里的石头,在静止中被时间裹挟。刘恪无可奈何地意识到,自己老了,过了缺觉也能生龙活虎的年月,儿子却不同。他难以置信,人的体内怎么可以蕴藏如此充沛的能量。在绳索圈定的范围内,儿子以一种非正常的姿势行走坐卧、吃喝拉撒。这一切使他更像一头被缚的野兽。

儿子站起身,差点将刘恪拉下床。他往后扯,儿子定住了,回过头呆呆望着他。

如果没有这道绳索,儿子就会走出家门,冲上大街,堵在路中间,朝急速驰来的车辆飞奔过去。刘恪尝试用铁链将儿子的双脚绑起来,但过不了一天,儿子的脚踝就会勒得血肉模糊。最终他不得不解开锁链,结束这种对待重刑犯的残忍方式,也终结了自己形同"狱卒"的身份。

现在,刘恪的右手和儿子的左手由一根粗粝结实的绳索捆在一起,绳索两头各有圆环,棉布缝制的圆环里塞满棉花,被几股铅线固定在绳索上,紧紧缚住一粗一细两只手腕。起初刘恪不懂这种捆绑的技艺,也排斥这种畸形的捆绑。在不辨方向的拉扯中,他和儿子手腕上的皮肤都被磨出血来。流血的皮肤痊愈后结痂,又在下一次的撕扯中破开,日子在捆绑中,从一个起点,到另一个起点,如同无限重生的莫比乌斯环。

在别人眼中,儿子是一个低能儿,一个病患,是一截露在腰间溃烂的盲肠。只有他这个做父亲的拒不承认这点,他理解的病患理应气若游丝躺在病榻上(假若他瘫痪或肢体残缺),或囚禁在房间中(假若他是一个精神病人)。可是儿子四肢健全,没有患上任何精神疾病——起码他不胡言乱语,也少有躁狂妄动的时刻。这些都让刘恪笃定,儿子只是身体某些机能暂时丧失了,随着时间流逝,他会好起来的。

刘恪如此坚信,是因为儿子曾给这个家带来那么多的荣誉和欢乐。

儿子从小就是县里出了名的"神童",他有过目不忘的能力,可以出口成章。三岁不到,识得两千多个常用汉字;四岁,能够一字不漏背《三字经》和《千字文》；五岁，将唐诗宋词熟记了大半。随着年龄增长，儿子异于常人的天赋逐渐展露得更彻底。真正让他一举成名的，是十年前那场中华汉字记忆挑战赛，小小年纪的他和从各省市晋级来的二十四位选手一起接受挑战。全国多家电视台对比赛进行了实况转播，使得赛事变成了一场全民记忆比拼的大狂欢。

刘恪和妻子坐在观众席上，为儿子加油和祈祷。儿子的个头并不高，头发理得很短，神神气气的，站在聚光灯下，双眸闪闪发亮。他的镜头感很好，面对主持人的提问和"刁难"，总是对答如流，从不怯场。他的完美表现就像一台看不出任何破绽的机器人，即使出了些微小差错，也能及时自我纠正。观众和评委都对他的逻辑思维和记忆力惊叹不已。当他从容写出在场其他选手都写不出的生僻字时，更是引起了众人欢呼。最终他一路过关斩将，拿到了冠军。

比赛过后，一家人满载而归，镀金的奖杯被小心地供在带玻璃门的书柜上。比赛的视频在网络上被人疯狂转发和评论，听闻消息的朋友登门拜访，请求刘恪透露些育儿秘方；市里召开的一次教育论坛，也邀请他们夫妇出席；甚至有人开出高价，要给他们办专场讲座，教授培养孩子学习能力和记忆能力的方法。刘恪的儿子在这次比赛以后，又登上了省城综艺节目的舞台，给无数人带来了震撼。当地媒体记者上门采访，问刘恪和妻子，你们培养孩子有什么诀窍。刘恪说，天赋就像基因，是与生俱来的,但后天的悉心培养至关重要。妻子笑着说,我们没有让孩子上过一天的辅导班,他是自学成才的。记者还想追问,但都被刘恪阻拦下来。儿子就这样被他们带着,从学校到电视台,又从电视台到了市民大讲堂。奇怪的是,面对蜂拥而来的围观和称赞,儿子却异常平静,他沉浸在一个隐秘的洞穴中,自动屏蔽了周遭的喧嚣,除了比赛,余下时间上学放学,和普通的学生没什么两样。如果不是因为在升旗仪式中受到校长表扬,谁也不会察觉到他们身边藏着一个天才。

但是,刘恪怎么也想不到,这个昔日的神童会突然"生病",没有任何征兆,就像一棵树被拦腰砍断,停止了生长。刘恪想起那个下午,儿子放学归来,双眼哭得红红的。他和妻子觉察到了不对劲,问他发生了什么事,儿子哭着说,有个成语,我忘了,不会写。他们觉得不可思议,妻子说,不会写也不用哭。儿子继续道,我记得"战战兢兢"的,可就是写不出来。刘恪疑惑,怎么会写不出来?妻子追问,那你现在会了吗?儿子眉头一皱,脸一红,眼泪就掉了下来。他说,老师罚我抄写一百遍,全班……全班就我一个人不会。

妻子一听,气得浑身发抖,抓起手机就要向老师投诉,被刘恪制止了。

晚上趁儿子睡着了,刘恪偷偷翻他书包,鼓鼓的书包塞满了教材和作业本,他找出作业本,拧开台灯,纸上密密麻麻抄的全是"战战兢兢"四个字。儿子写得很认真,工工整整的字铺满了格子。他想象儿子趴在课桌上抄写的情景,胸中生出许多疑虑和闷气。刘恪还记得儿子三岁时学认这个成语的样子。现在,这个《诗经》中的成语从纸上跳出来,跃入眼帘。他的眼皮被刺了一下。他满心的怨恨,凭什么让我儿子抄成语?他是拿过全国记忆大赛冠军的啊!他越想越气,急不可耐地翻查作业本,渴望从里头寻出些蛛丝马迹来。纸上那些笔画并不复杂的字,越看越陌生,汉字的形和意长了脚似的,猖獗而狰狞,每一个字都歪歪扭扭的,像是要爬出来。他不敢和它们对视,生怕这些张牙舞爪的汉字会一口咬住他。

刘恪将作业本胡乱塞回书包,像怯场的士兵那样吓得落荒而逃。重新躺回床上,他的心跳得飞快。眼睛一闭上,就全是密匝匝的字,它们长了脚,横冲直撞的,将他围起来。以前,刘恪从未觉得让孩子熟记汉字是件多么可怕的事,他想起以前父子俩经常玩猜字游戏,只要他给出谜面,儿子很快就能抓住谜底,乐此不疲。他认为儿子能有今天的成绩,和他的寓教于乐分不开。可是这一刻,面对眼前的幻象,他禁不住怀疑是不是哪里出错了?

妻子醒过来,见他翻来覆去,问他,怎么没睡?

刘恪说,我刚刚去翻儿子书包了。

妻子说,有什么发现没有?刘恪没有回答。

妻子自说自话,你说会不会中邪了?

刘恪说,都什么年代了,哪有这种事?

那你说，怎么会想不起来呢？明天我们再考考他？

刘恪沉吟了一下，让他休息吧，别折腾了。

妻子听完，叹口气，陷入了沉默。

令刘恪和妻子抓破头皮也想不到的是，后面几天，情况愈加严重了。一次语文测试，儿子连《滕王阁序》也背不出来了，他握笔的手在抖，面对空白的纸张，就像面对起伏不定的大海。

班主任打来电话，把儿子近期在学校的异常和他们沟通了。刘恪说，我们也不知道孩子怎么了，可能学习太累，有厌学情绪。班主任说，下月就是全国挑战赛了，能不能卫冕冠军，关系到市里的名誉。刘恪在电话这头唯唯诺诺，挂了电话，来回踱步。妻子从他紧皱的眉头中察觉到了事态的严重。你说，我们是不是给孩子太大压力了？刘恪揉了揉额头，坐回沙发上发呆。

他们焦虑地等儿子放学。这一次，儿子没有和父母打招呼，进了门，书包也没搁下，鞋也没脱，一屁股坐到了地板上。

刘恪和妻子面面相觑，这时，儿子突然背起了《赤壁赋》："……寄蜉蝣于天地，渺沧海之一粟。哀吾生之须臾，羡长江之无穷。挟飞仙以遨游，抱明月而长终。知不可乎骤得，托遗响于悲风……"后面的句子堵在喉咙里，怎么也吐不出来。儿子挠着头，憋红了脸。母亲咬着嘴唇，站在他身边，想安慰他，又不敢发出声音。从前儿子读起古文来，都是摇头晃脑有板有眼的，但这一刻，他的表情痛苦极了，脸部扭曲，拳头紧握，好像在和什么看不见的东西搏斗。妻子终于忍不住，捧住他的脸，将他往怀里靠，轻轻拍着他的肩。

儿子怔怔的，眼睛发红。他抽泣着说，妈，我怕……

现在，刘恪想起这些，心口还是一阵痛。起初他们都觉得，这一切只是暂时的，他们向学校请假，带儿子去外地散心。在外地的那几天，儿子的情况有了好转，他们坐缆车，爬山，又看了不少名胜古迹，儿子就像放归山野的小动物，连脚步也轻快了。刘恪和妻子心中一阵暗喜。

谁也不曾料到，在外几天的表现不过是种"假象"，回来后，儿子的"病情"急转直下。起先，他的记忆出现了紊乱，先是词语，后是句子，竹笋似的，一层一层从身上剥落。每天清早醒来，他都会浑身出汗，坐在床头，不想穿衣，不想刷牙洗脸，也拒绝吃饭和上学。不管父母怎么劝，他就是不肯动弹。母亲蹲在他跟前安慰他，有什么心事，和妈说。儿子抬起眼，母亲发现，他的眼底布满血丝，原来他一整晚都没有合过眼。

刘恪和妻子带他去省城最好的医院看病，医生检查了五官，也测了智力，并没有检查出什么异样。医生纳闷，他行医这么多年，从来没碰过这种怪状，眼前这个孩子语言能力完好，也没有什么认知障碍，奇怪的地方就在于，他无法像常人那样进行记忆。

医生打了个比方说，孩子现在的状态，就像电脑出了故障。

刘恪的妻子哭了,差一点就向医生跪下,她问医生,我家孩子的病到底能不能治?

医生没有给出肯定的回答,只是开了处方,让他们到药房取药。

医生说,我把这个病例记下来,有新的发现我会给你们打电话。临走时,医生还嘱咐道,别给孩子太大压力了,他可能是记忆太用力才会生病的。

从医院回来后,刘恪和妻子如临大敌。儿子拒绝吃药,他说:我没病,我不吃药。不管父母如何软硬兼施,他就是不肯张嘴。

妻子说,你得吃药,吃了才会好,吃了记忆力才会回来。

儿子摇摇头,赌气似的,眼底蓄满了泪。

刘恪径自走过去,拉开妻子,将她手里的药瓶夺走,一把扔进了垃圾桶。

他说,没有检查出具体病情前,不能乱吃药,万一吃坏了怎么办?

那段时间,儿子没有去上学。刘恪向单位请了假,妻子也从公司辞职,两个人轮流在家陪儿子。儿子想出门,他们不放心,只让他在家里待着。为了消磨时间,也为了锻炼记忆力,儿子平日重复做的事,就是坐在书桌前抄文章。他抄了满满一大本,每个字都写得极为用力。他抄写时,全神贯注,浑身的肌肉紧绷着。天气并不热,但他就像在热水里泡过一遍,汗珠从额头渗出，滴落在纸上。母亲陪着他，他抄到多晚，就陪到多晚。刘恪看不下去，走过去将儿子手里的笔夺走，将台灯关掉。房间的光线暗下来，儿子抬起头看着父亲，既不反抗，也不说话，只是将桌子上厚厚的一叠抄写本抱起来，搂在怀里，然后爬上床，弯腰弓背，像裹在羊水里的胎儿那样。

妻子被刘恪的粗暴给骇住了，她质问，这也不许，那也不许，你到底想怎么样？

刘恪说，你忘了医生怎么说的吗？孩子是记忆太用力才会生病的！

妻子哽咽，那怪谁呢？能怪孩子吗？

刘恪想起妻子说的那些话，再看看儿子，恍若梦一场。

后来，情况更糟糕了。不管接触什么样的文字，儿子转眼就忘得精光，他不甘心，硬着头皮强记，可是记得越多，忘得越快。刘恪和妻子看在眼里，疼在心里，他们茶饭不思，上网查资料，到不同的医院问诊，就是无法知道孩子到底患的什么病。为了避免让孩子接触和文字有关的东西，他们想了很多办法，撕掉电器的标签，将印有说明的包装袋藏起来，停了电视，将家里的书本收到纸箱中，甚至将正对着街口广告牌的窗户也糊了起来……夫妻俩减少了说话，在儿子面前，他们用眼神和手势交流，试图人为制造一个没有语言和文字的环境。

有人建议他们到乡下问落神婆，他们将儿子生辰八字念给落神婆听，落神婆说，儿子本是文曲星下凡，但遭了小鬼暗算，须做法事，才能保平安。那时已是农历七月，落神婆说，鬼门关开了，中元节之前，务必做好法事。他们给落神婆包了厚厚的红包。法事就在落神婆自家的庵堂里做。儿子跪在地上，不断回头张望，母亲暗示他，头低下去。他没有遵从，只是直愣愣地盯住落神婆满是皱纹的脸。落神婆念念有词，赤着脚在庵堂绕圈。符纸烧了起来，儿子看到繁复的符号在灰烬中飞舞。最后，他们按住儿子，灌他喝下掺了纸灰的水。刚灌下去，儿子就呜哇呛起来，将符水吐得一干二净。

他们一度放弃了救治，也因此错过了那场能让儿子再度扬名的比赛。刘恪和妻子意识到，他们这么做无异于掩耳盗铃。这个世界有那么多的文字符号，禁掉汉字，还有英文……有形的物体能消除，但无形的东西灭了还会再生。儿子头脑里装了那么多的语言符号，就算所有东西都忘光了，他潜意识里的认知仍然无法消除，而如果连这一认知也没了，儿子就彻底作废了。

儿子比谁都害怕这个结局，他晚上睡不着，和母亲哭诉，说看到有人伸手将他脑袋掏空了，还说，他们抢了东西就跑了。他说话时，眼神躲闪，已经开始不正常了。刘恪和妻子无能为力，他们搂住儿子，彻夜难眠。

刘恪替儿子办了休学手续，离开学校那天，班主任送他们到校门口，就像送别迟暮的英雄。那群曾经以儿子为豪的同学，也远远地看着他们。妻子不敢回头看这群送行者,哪怕看一眼,都会陷入羞愧。她比任何人都清楚,这个昔日的神童即将陨灭光亮,陷入寂灭。

面对父母的禁令,儿子难以理解,他想回到过去。母亲说,我们这么做是为你好。刘恪说,好儿子,你听话,熬过这一关,就会好的。

儿子没有说话,他不解地看着父母,像看着陌生人。

那段日子,儿子表面上遵从父母的命令,背地里又瞒着他们,不知从哪里找到了一本《新华字典》。那是他开始认字时,父亲送他的礼物。他曾经无数次翻阅这部字典,熟悉字典上所有的字词,连字典那略带潮湿的味道也记忆深刻。捧起这部字典,就好像捧起了过去的时光。他从第一页开始,看到最后一页。纸上留了他淡淡的指痕。他想强占所有的汉字,想变成一个巨型的字库。他天真地以为,只要占有的汉字足够多,就能抵消遗忘的啃噬。从前,他闭上眼能背出大半部字典,可是现在,他无从背起。纸上的字胡乱跳动,从这一处滚落到另一处。他置身在汉字的迷宫,顺着这个汉字,爬到另一个,想将所有方块字连起来,织成一张网。遗憾的是,他迷路了。他痛苦地趴在字典上哭,身体剧烈地抽搐起来。

到后来,他连识字能力和方向感也丧失了,语言能力一落千丈。从哆哆嗦嗦地拼凑出一句话,到只能吞吐出零碎的单字,中间隔了不到一年。语言对这个少年施行了报复,它们脱离理智的掌控,将这个曾经占领它们的人丢在荒漠中。儿子气急败坏,将字典一页页撕下,用打火机点燃,风把燃烧的纸张吹起,窗帘布着了火,家里差点就给毁了。刘恪气得浑身发抖,不顾妻子的反对,将他锁进房间。

儿子在房里哀号,喉咙像含了滚烫的热水,没人听得懂他在说些什么。后来,他不知用了什么方法,竟然撬开了窗户,试图翻出去,幸好被卡住了,半只身子挂在窗台,路过楼下的人发现了,急忙呼救,这才免于坠楼的危险。

妻子哀求道,送他去医院吧。

刘恪说,你疯了?进了那个地方,孩子这辈子就毁了。

儿子的哭闹越来越不受控制,刘恪不忍心打他,只好想出一个下策,趁儿子安静片刻,给他喂安眠药。吃完,儿子就像被驯服的野兽那样,浑身软塌塌的,一沾床就睡了过去。

妻子看着熟睡的儿子,默默垂泪。儿子的"驯服"并没有让她安下心,相反,她觉得这是对儿子更可怕的戕害,长期服用安眠药,只会损伤他的脑组织。儿子已经这样了,不能再坏下去。

刘恪知道,生活就是从那时开始脱轨的。有一次,他看了一部纪录片,纪录片拍的是一只叫 Chantek 的红毛猩猩,这只红毛猩猩在人类学家的训练下,学会了手语,能够独立收拾房间并使用工具,甚至认得去快餐店的路线,知道用特制的钱币买汉堡。看完纪录片，刘恪兴奋不已，红毛猩猩的事迹给了他启发。既然猩猩可以学手语，那儿子也应该没问题。他网购了一套手语教程，先自学，再教给儿子。他想借助手语让儿子重新认识世界。他把这个想法告诉妻子。妻子说，你觉得可行，就试试吧。

可惜事与愿违，不论他怎么教，儿子就是学不会。他看着父亲变换各种手势和肢体语言，觉得很新鲜，龇牙咧嘴笑了起来。一阵悲哀掠过刘恪的身体，他意识到，儿子现在的学习能力连一头红毛猩猩也不如。他越想越气，越气越恼，突然抬起手，朝儿子脸上甩去一巴掌。儿子受了惊吓，抱头蜷在地上，嗷嗷哭起来。没用的东西，父亲愤愤地骂道。妻子跑过来抱住儿子，她破口大骂，你发什么神经！

刘恪没有发神经，他更大的担忧是，哪天他们老了，而儿子还健健康康活着，到时候谁来照顾他？

妻子指责道：要不是因为你，儿子不会这样！

刘恪看着眼前的妻子和儿子，忍不住抹了抹眼。他想起儿子牙牙学语时，他将儿子抱在膝头，一字一句读唐诗给他听。儿子看着他，双眼扑闪扑闪的。那些错落有致的字词，掉进了他眼里，也落到心底生根发芽。那样美好的场景一去不复返了。如今想到这些，刘恪的心揪成一团。他不明白，这一切到底怎么了。到最后，他跌入了巨大的惶惑中，苦苦维系现在的状态为了什么？儿子失去自由，作为父亲的他也失去了自由。他幻想过，如果将儿子放归深山，放归到没有社会秩序的荒野，他兴许就能像原始人那样,赤身裸体,茹毛饮血。他将重新学习狩猎和追捕,开垦荒地,刀耕火种,在另一种意义上成长为人。

刘恪从回忆中恍过神来,日光爬上窗台,他从床底移出便盆,儿子立在那里,高耸的身躯像一截树桩。他扯下儿子的裤子,儿子的尿液喷洒在便盆边缘,又洒落一些在地板上。刘恪听到一阵沙沙声,闻到了刺鼻的腥臊味。他想,再过一些时日,儿子会退化到连便溺也无法自控的地步,那时,他得给儿子换上纸尿裤。他想起儿子小时候,妻子小心翼翼给儿子擦屁股,然后裹上洗得白净的尿布。儿子撒完尿,刘恪帮他拉上裤子,尿道残留的液体在裆部泅出一小圈颜色很深的尿渍。刘恪拉着儿子到厨房,从电饭煲里舀了保温的粥喂他,自己也胡乱吃了一碗。

日头照在了阳台上,他牵着儿子走过去。

这是一天中难得的光景。从阳台望下去,是条水泥路。在老县城,这样的水泥路蜿蜒纵横,切割出城镇斑驳的地图;青苔从墙脚潮湿处延伸出来,爬到水泥路的阴影中。早些年,那里铺的是砖石,放学后,儿子小小的身影常在这里出没。他和小区里的伙伴们嬉笑打闹,那时他还是个健康活泼的孩子,有双耐看的眼睛和永远白里透红的肤色。他被所有的人包围着,像舞台中央永远的主角。现在,记忆里的光彩褪了色,因为常年足不出户,儿子的皮肤白得吓人,清澈的双眼也混浊了。

父子两人连体婴儿般坐在一起。儿子喉咙咕嘟着不知吞吐些什么。刘恪叹了口气。妻子还没有离开这个家时,他的痛苦还有人分担,后来妻子走了,他只能和自己说话。他向儿子诉苦,儿子呆呆望着他,仿佛父亲说的都与他无关。刘恪想,很快我也不会说话了,到那一步,你我就只能坐着等死了。

儿子对着墙玩起了手影游戏。刘恪望过去,看到儿子的双眼像反照日光的玻璃珠子。失语多年的他好像试图借助手影,再度与世界产生联系。

刘恪把儿子绑在阳台门的把手上,折回屋子里,拿电动剃须刀替儿子刮胡子。床头柜的抽屉开着,他取了剃须刀,又随手拉开了另一只抽屉。无意间,他看见那里躺着一台熊猫牌录音机,灰白色,长条形,上面的按键掉了漆,连商标也模糊得看不见了。他想起来,这是以前儿子用来听诗词朗读的。他掰开后盖,找出两节电池装进去。接着,他又想起了什么。

他迅速走出房间,在屋子里翻箱倒柜。终于,他在杂物间找到了一只硕大的纸箱。纸箱被挤压得变形了,散发一股呛鼻的霉味。刘恪将纸箱抱出来,小心翼翼地打开。那里头装着大大小小上百盒磁带。磁带码得整整齐齐的,标了数字和日期。他捡出其中一盒,吹掉上面积落的灰,打开装着磁带的透明塑料盒。磁带正面,用签字笔记着"二〇〇七年八月四日"。这个日期,他没有任何印象了。他只记得这些磁带是儿子还没完全丧失语言能力之前,他和妻子费了很大劲录下来的,就像面对不可挽回的财产，试图抓住一鳞半爪。他们让儿子背诵所有记得起来的篇章。这是一项繁重的工程，每录完一盒，妻子就标注日期，写上标题，收进塑料盒里。这个过程就像抢修遗物。刘恪和妻子想不到，儿子的脑袋里装了那么多东西。他坐在椅子上，微闭着眼，像个坐拥无数宝藏的皇帝，享受背诵和录音的过程。磁带咔嚓咔嚓转动，他的声音被一次又一次地吸附进去。那段时间，儿子沉浸其中，录音成了他留存记忆天赋的证明。他明白，必须跟时间赛跑，和遗忘打拉锯战。刘恪和妻子不知道什么时候是"终点"，他们既渴望早日录完音，又害怕那一刻的到来。日子一天天过去，有一天，儿子终于背不出了。他坐在沙发上，像电量耗尽的机器人，停止了工作。

刘恪和妻子如释重负，又心怀愧疚，他们这么做，对一个年仅十岁的孩子来说，无异于一次残酷的榨取和掠夺。刘恪将录好的磁带摊在地上，妻子找来空调的包装箱，分门别类将这些磁带一一收起来。刘恪看到，妻子眼眶红红的，她的动作很慢，她抚摸着磁带，手止不住发抖。

从儿子发病，到和妻子离婚，这期间屋子漏过水，装修时家中的旧物堆到了杂物间，这只装满磁带的纸箱也被束之高阁。后来刘恪忙于照顾儿子，也忙于和生活迎头相撞，早就忘了家里还有这么一箱旧时代的遗物，儿子的声音就装在其中。

刘恪将磁带小心取出，装进了录音机。他捧着录音机，迟疑了很久，这才按下放音键。磁带咔咔地转起来，一阵噪音过后，儿子清澈的童音从里面流了出来。

"无路请缨,等终军之弱冠;有怀投笔,慕宗悫之长风",是《滕王阁序》,他从那里听到了命运的多舛。儿子还没有活到王勃早逝的年龄,但上天赐给他的才华早已耗尽。他的声音稚嫩,饱含感情,一开口,古老的词语便跳落出来,在空空的墙壁和地板上滚动着。刘恪被这遗忘多年的声音包裹着,大气不敢出一声,只是静静地听着,像掉进了时光隧道。他捧着录音机走到客厅,接着调大了音量。儿子听到录音,定住了,像从这陌生的朗读里辨识出了什么。刘恪看着儿子,心一阵扑通直跳,他觉得自己捧着的不是录音机,而是儿子早已丢了的灵魂。

他就这么和儿子面对面地站着,"听"完了录音。磁带停下来的那一刻,刘恪捧着脸哭了起来。

从这一天开始,刘恪的生活发生了变化。失而复得的录音机跟磁带,成了他活着的重心。他每天例行公事,将磁带一盒盒取出来,放进录音机播给儿子听。儿子听到自己的声音,就会安静下来,偶尔,嘴角还会露出似笑非笑的表情。刘恪激动不安。他怎么也没想到,那时他和妻子突发奇想录下的声音,最后会以这样的方式重现在他的世界里。他按捺不住心中的喜悦,试着从绳索的束缚中脱开身,他将儿子绑到阳台门的把手上,留出一截绳子供他活动。然后,像走出监狱那样,他大口呼吸着,压在他身上的那块巨石滚落了。

他站在客厅里,看着儿子,懊悔为什么没有早日发现这箱磁带,他恨不得现在就走出家门,告诉所有人,儿子有救了。可刚走到门口,他就停了下来。他立在那里,想开门,又不敢。他这才意识到,自己已经好几年没有出过门了,门外的世界犹如深渊。想到这里,他双脚发软,扶住墙大口大口地喘着气。

儿子发病的这些年,他一直仰仗单位领导的好心。后来他办了内退,领到一笔退休金,专心在家照顾儿子。此刻他眼前浮现出妻子的脸,那张被生活压榨得干瘪的脸。孩子患病后,她一度情绪崩溃,觉得什么都毁了,半夜哭醒,扯着刘恪的手问他,我们到底造了什么孽,怎么会这样?是啊,怎么会这样?我也想弄明白。刘恪想起君特·格拉斯的《铁皮鼓》,奥斯卡有一天宣布不再长大,拒绝融入成人世界,整天"咚咚咚"敲着一面铁皮鼓到处游走。奥斯卡的个头不再长高,但智商和观察复杂世界的能力并没有退化,可是儿子不同,身体的成熟伴随的是认知能力的严重退化。

读《铁皮鼓》时,刘恪还是个大学生,那时他痴迷文学,写了不少废掉的小说和不成熟的诗句,幻想着有天成为一个伟大的作家。大学毕业后,他的幻想很快就被现实收编了。他费了好大的气力才考进税务局,后来经人介绍,和妻子结了婚。在别人眼中,他和妻子是对恩爱夫妇。"郎才女貌",周围的人总是带着艳羡如此评价道。刘恪也沉浸在幸福中自得其乐。他记得妻子分娩那天,医生建议做剖腹产,他同意了,家里老人家却一再坚持顺产，他们说，顺产的孩子才够聪明健康。他难以理解老人家为何这样固执，为了孩子，宁愿让儿媳承担生育的风险。所幸最后关头，孩子顺产出来了。听到孩子啼哭的那一刻，刘恪站在产房外喜极而泣。

现在想起这些，他觉得儿子既是上天赏赐的礼物，也是上天抛给他们的一个玩笑。

这些年他花光了积蓄，带儿子跑过很多省份，看了无数的医生，知名的医学专家和不知名的赤脚大夫，他都拜访过。有时妻子陪着一起，有时他单独带儿子上路。家里的抽屉塞满了多年攒下来的方子和车票。他和妻子日复一日等待诊断结果，得到的都是无助的回答。后来，他们放弃了，他们害怕医院，害怕医生口中那些专业术语，那些谜一样的词语。

看不到头的生活终于将妻子彻底压垮了，连一日三餐，对她也成了折磨。那天妻子做完菜，突然站在厨房里哭起来。刘恪问她怎么了。她说，我受不了了，我受不了了。她抓着头发拼命撕扯。他们吵了起来，妻子将这些年受的委屈一股脑倾吐出来，他也将积压多年的愤懑发泄出来。争吵消磨了妻子的耐心，也消磨了他的耐心。他忍不住，动手打了妻子。妻子捂住脸上的红印，像看疯子一样地看着刘恪。刘恪很后悔，又拉不下脸道歉。妻子哭得更厉害了，一气之下，将炒好的菜全倒进垃圾桶。

刘恪颓丧地坐下，不敢抬头看妻子。在那样一个时刻，他无比悲哀地预感到，生活的闸门打开了，洪水就要淹过来。

吵完架的那个深夜,妻子没有在房间睡。刘恪半夜醒来,听到儿子在睡梦中发出均匀绵长的呼吸。他披上衣服走到客厅,看到妻子立在阳台,紧抱着双臂,夜风吹来,她的头发披散着。他走过去,手搭住妻子的肩。她脸上的泪在月光下像发白的霜。他们默默地站了很久。妻子说,我累了。他鼻头一酸,也跟着落泪。他想劝几句,话到嘴边又咽下了。他知道,生活的水位线已经被没过了。他向妻子道歉。妻子说,你也累了,就这样吧。

　　在那个难熬的深夜,刘恪也终于理解了妻子。他一直以为,难关是可以一起渡过的,儿子也一定会好起来的。可事实证明,他错了。他把全副精力投入到儿子身上,却完全忽略了妻子的感受,组成这个家庭的稳固的三角形,早就被消磨腐蚀掉了。只是他不明白,为什么先撑不下去的不是他,而是妻子?

　　他们办了离婚手续,妻子离开那天,台风袭击了这座南方的小城,雨水横流到街道上,路旁的榕树被连根拔起,整座小城泡在雨水中,空气里散发着潮湿的腥气。他们家的阳台玻璃门被狂风击碎,雨水从漏空处灌进来,没过阳台,流到家里。他找不到人来修门窗。妻子说,等雨停了吧。她已经收拾好了行装,拉着皮箱站在门口,语气并没有任何异样,好像等待她的不是别离,而是计划已久的一场远行。儿子还不知道,母亲就要远走了。他脸上没有任何的情绪,只是背靠沙发,呆呆地看着天花板。

　　妻子的头发白了不少,脸上长满了褐色的斑。刘恪很久没有仔细端详过这张脸。这一刻,她的衰老赫然入目。他说,我知道,你我是没办法,才走到这一步。妻子说,如果你需要,我还会回来的。刘恪没有回应,他已经不需要任何人了。

临走前,妻子说,原谅我吧,我不是一个称职的母亲。

刘恪恍惚觉得自己重新活过来了,儿子也活过来了。儿子喜欢上了"自己"的声音。尽管分辨不出这把稚气的童声属于十年前的他,但这不妨碍录音对他致命的吸引力,他仿佛听见时间在流动,哗啦啦的,水一般流动起来。一盒录音带播完了,刘恪教他按了重放,很快他就学会了,反反复复听录音,乐在其中。

刘恪被儿子的天真打动了,他多么希望时光也可以像磁带那样倒头重放。

楼上的住户陈伯走下楼梯。他好多年没听见刘恪家传出说话声了,隔着门问,小刘,家里来人了?刘恪和陈伯打了照面,没有没有,我在给儿子放录音。陈伯好奇,放的什么录音?刘恪说,是孩子读的,好久前录的。陈伯点点头,露出笑来,问他,今天想吃点什么?刘恪说,还是老三样。说完,他从裤兜掏出钱交给陈伯。所谓老三样,无非鱼菜肉,好心的陈伯会根据时令、菜价和钱的多寡来决定具体买些什么。独居的陈伯乐于担任采购员的角色,这是刘恪和他多年来达成的默契。

陈伯透过防盗门往内看,躲在屋子里的年轻人专注于录音中，外界的一切都与他无关。

陈伯背起手走开了。他让刘恪想起自己的父母。孩子发病后，他们多次劝他把孩子送去精神病院。他愤怒不已，和二老大吵了一架，二老搬去了养老院，此后就很少来这里了。

陈伯走后，刘恪泡了杯茶喝，陪儿子听录音。他冒着险将儿子手上的绳索也解下来，没想到，儿子不但没反抗，反而安安静静的。刘恪找出一条耳机线插上，将耳机塞进儿子的耳朵里。儿子对耳机很好奇，不停将耳机取下，又戴上，他沉浸在自己的声音里，服服帖帖的。如此一来，那个声音的世界就只属于他一个人了。

日子一天天过去，儿子每天戴着耳机，在录音机的陪伴下行走坐卧，那台小小的录音机成了他身体的器官。奇怪的是，没有了绳索的束缚，刘恪并不感到轻松，相反，他时而觉得有一股压抑感缠绕着他。录音机不过是暂时的解药，儿子依旧生活在一个不能说话、没有声音的世界里。想到这些年一家人受的苦，他不禁悲从中来。自此，他患了严重的失眠症，白天昏沉，晚上清醒。他怕这样下去，身体会扛不住。他不能生病，他一生病，儿子就毁了。

但长此以往，身体还是熬不住了。刘恪浑身发烫，吃了退烧药也不见好，他拼命灌热水喝，喝得满头大汗。好不容易睡过去，又发起梦来。他撞见儿子四处狂奔，手上的绳索不见了，大张着嘴，把黑色的录音带扯下，塞进嘴里一顿乱嚼，吞了下去。儿子将磁带踩烂，扯过黑色的带子绕紧身体，将自己裹成一具黑色的木乃伊。刘恪听见儿子开口说话，是发育后成年人的声音，有些低沉，略带一丝沙哑。他向儿子喊话，叫儿子的名字。儿子没有理会，他成了一台说话的机器，不断吐露他掌握的所有语言词汇。儿子越说越快，那些语言凝结成玻璃珠子，啪嗒啪嗒从嘴里滚落，堆满了整间房子，有几颗跳起来，溜进刘恪的喉咙，活活将他呛醒了。

刘恪摸到了额头的热汗，喉咙干渴得像是着了火。他爬起来走到厨房，趴在水龙头下喝水。那个梦让他胆战心惊，他突然意识到，必须将磁带翻录成电子音频，存进电脑。他相信磁带是有寿命的，而电子音频是永生的。如果有一天磁带受损，儿子的声音便不复存在了。这个担忧刺痛了他，他坐在客厅沙发上，望向阳台，那里铺着薄薄一层月光。他看了手机，才知道这一天是中元节，或许刚才发梦，是被鬼附了身。

天亮后，刘恪决定出门找人翻录磁带。他不放心儿子一个人在家，又不敢贸然带他出去。小区的人都怕这个患病的年轻人，以前他领儿子出门，大家像看马戏团的驯兽师牵着猛兽游街那样。妻子离开后，他就很少带儿子出门了，慢慢地，连踏出家门的念头也断了。外头的世界叫他恐惧，社交和日常生活也令他痛苦不堪。他记得有一次带儿子上市场买菜，儿子跑起来撞倒了菜摊，菜贩子气急败坏，跳着脚咒骂，还将儿子推倒在污水横流的地上。

刘恪永远记得那句"人模狗样",那既是对儿子的辱骂,也是对他们父子恰如其分的讽刺——他是人,而儿子是狗。他浑身发抖,站在围观的人群中,像示众的罪犯那样低下头,恨不得手中牵的不是儿子,而是一头恶犬,只要他撒手,这头恶犬就会扑过去将那人咬烂。

想到过去种种的痛苦耻辱,刘恪再也无法待下去了。他将儿子和自己绑在一起,双手抱起纸箱,拉着儿子出门。楼梯在脚下延伸,他感到一阵晕眩。他闭上双眼抵挡闯进楼道的光。儿子抓着录音机跟在他身后,黑色的耳机像延伸出来的触须。父子二人一前一后,慢慢地下了楼梯。单元楼老旧的自动门打开时,刺目的光线打在刘恪身上,他回头望了儿子一眼。这次,他松了一口气,儿子没有像从前那样不加约束地跑起来,他对眼前的一切充满了好奇,他跟在身后,神情温驯地走在日光下。

多年不出门,街上的事物变得陌生,路人的目光盯在刘恪和儿子身上,刘恪的脸热辣辣的,他不得不加快步伐。街道和往日不同了,多了一些刷成黄色和蓝色的自行车,一排排停在人行道边上。沿街摆卖的摊贩稀稀拉拉的,车声和说话声汇聚成一条声音的河流,他被淹没在其中。

刘恪朝前望了望,又迅速地朝两侧逡巡过去。世界比之前运转得更快了,又或者是他太慢,跟不上世界的步伐。他抱着装满录音带的纸箱,拉着儿子走了一段路,最后在一家音像店门口停下来。

店里光线比外头更暗，里头堆满了大大小小的音箱和碟机，老板在工作台埋头捣鼓一台功放。刘恪走过去打了声招呼。那是一个理着平头的中年男人，眼袋浮肿，金属框眼镜架在鼻梁上，快滑落下来了。老板抬起头，看了看抱着纸箱的陌生顾客，又看了看被绑缚在后面的年轻人，并没有停下手里的工作。刘恪向老板说明了来意。老板脸上闪过一丝不悦。他让刘恪把纸箱搁到工作台上，摘下眼镜说，现在都没人用录音带了，不过这活我可以接，价钱先讲定，这么多录音带，工程不小，加上工本费，五百吧。刘恪本想讲价，但话到嘴边停住了。他看了看儿子，儿子不断拨弄着耳机线。他不愿再折腾了，五百就五百吧，只要能将儿子的声音永久存下来，再多的钱他也愿意。

老板说，录音都会刻进碟片，三天后你过来取。

刘恪点点头，留下手机号，拽着儿子离开了。

离开音像店的那一刻，刘恪感到前所未有的轻松。多年来沉积在心底的那块顽石，即将化为璞玉。他领着儿子走在路上，觉得天比刚来时蓝了些，他再也不怕别人的眼光了。他的胸口鼓鼓的，脚步也轻盈起来。儿子抱着录音机，跌跌撞撞跟在身后，他边走边四处张望，眼之所及都是新鲜。刘恪感到欣慰，多年来足不出户，并没有让儿子变成一头穴居动物。他甚至幻想，当儿子的语言能力恢复之后，世界会重新回到正常轨道，万物复归原来的席位，而他们，也将从里到外焕然一新。

回到家后，他难以抑制内心的兴奋，躺在床上迷迷糊糊快睡着了，突然被一阵急促的手机铃声吵醒。他按了接听键，是音像店老板的声音，他说，你过来一趟吧。刘恪不知道发生了什么事，挂了电话，爬起来套了件汗衫。出门前，他仔细检查儿子的绳子有没有绑好。儿子靠在墙上，双手按住耳机，张着嘴，露出一口黄黄的牙齿。他吩咐道，我出去一下，马上回来。

刘恪气喘吁吁来到音像店，进门撞见了老板阴沉的脸。刘恪不明所以，只见纸箱原封不动搁着，来时什么样，现在还是什么样。老板不耐烦，大哥你怎么搞的？你这些录音带全是空的，什么也没有。刘恪以为听错了，凑上前去看：不会的，怎么是空的呢，是不是搞错了？老板指着纸箱旁的录音机说，不信你放上去听听。刘恪将信将疑，取出磁带放进录音机，几乎是屏住呼吸按了播放键。

一阵短暂杂音过后，磁带咔哒咔哒转起来，他的心悬在了嗓子眼。

刘恪以为像往常那样，儿子清朗的声音水一样流淌出来，但是，什么也没有，没有唐诗也没有宋词，什么也没有。

刘恪脸色煞白。他不相信，以为是幻听，便换上第二盒磁带，结果依旧一样。录好的磁带声音全消掉了，第三盒，第四盒，第五盒，连续很多盒都一样，磁带像是被人动了手脚，录好的内容全被抹掉了。他像遭遇了噩耗，脑袋"嗡"地炸开了，怎么会这样？之前不都好好的？老板冷笑，说了你还不信，东西带回去吧，我还要做生意呢。老板事不关己的派头让刘恪的愤怒达到了极点，他脸颊的肉在颤抖，身体筛糠似的打战。他觉得自己被糊弄了，看着那箱录音带，又看看眼前的老板，突然冲上去揪住老板的衣领，大声吼道，把录音还给我！把录音还给我！刘恪不知道自己怎么有这么大的力气。老板被勒得满脸通红，叫道，你疯了，滚出去！接着他使劲推了刘恪一把，刘恪一个趔趄，重重跌到地上。老板喘着气，将刘恪连踢带拖赶出店，连同那只装满磁带的纸箱也一并扔给了他。

  磁带散落满地，刘恪还想爬起来理论，可愤怒和屈辱已经叫他没了气力。他感到全世界的重负都压在了肩上，使他瘫痪，令他无法动弹。他跪在地上，望着散落在街面上的灰扑扑的磁带发怔。老板骂咧咧回店里去了。很快有人过来围观。刘恪弓着背，几乎是匍匐着，将那些落在地上的磁带捡起来。磁带进了沙土，他拍了拍，收拢进纸箱。围观者并不知道发生了什么事。阳光炽烈如火，晒得他头脑发昏，眼皮发烫，他用力睁开眼，手摁住额头，让自己平静下来。恍惚间，他望见儿子出现在眼前，身影贴着录音机，手指不停地一次次戳按那颗掉了漆的录音键。周遭的喧嚣隐匿了，他清晰地听见儿子的朗读声，从循环往复的录音里消去了。他痛苦地低下头，脸贴住纸箱，哭了起来。

烧梦

1

盛先生把地图摊开,钟敲了三下。他取下烟斗,磕掉残余的烟灰。窗外日照朗朗,屋里却透着凉意。他戴上老花镜,细细查看摊在桌上的地图。这张地图,印制于一九九二年,是最近一次修县志时,作为附录用的。归国前,盛先生将地图从附录上小心地裁下,如此一来,他就有了这座县城的"新形象"。盛先生对旧县城并不陌生,他曾无数次翻阅刊刻于清乾隆二十九年(1764)的县志,将县城的房屋、河道、郊区等铭记于心。乾隆年间的这部县志初版为木刻版,纂修者叫金廷烈,盛先生家中藏有一套(总计六册)。另一部县志刊刻于清嘉庆二十年(1815),由李书吉、王恺修编纂,和上一部相比,足足迟了五十一年。一九九二年版的县志,则是精装的,配有彩图,记录了这座县城的建置沿革、水文地理、文化习俗、发展概况等。他颇费了一番功夫才将这些县志搜罗起来。

三本县志,在时空中排成序列,如跳跃的音符。

盛先生当然知道，历史不可能呈一条直线，它更像是线团，线头凌乱，藏匿起人的身世和起源。从这点看，他分不清哪一部县志描绘和记录的才是真实的县城。或者说，本就无所谓真实与否，一切都在时间的河流中洗刷、漂白。只有盛先生知道，记忆不会被漂白。

摊开的地图表面光滑，似乎还带着旧纸张特有的气味。

盛先生的手止不住哆嗦了几下，他深深地吸了一口气，让注意力更集中些。他的感官还没有适应这种视觉的迁移。现在他所站的，就是他念兹在兹的故土。他抬头望向窗外，灰尘在光线中飞舞。

他从公文包里拿出铅笔，又摸出夹在笔记本里的便笺条，上面写有一个名字和手机号码。字迹线条圆润，看起来有一种未被时间浸染的稚拙。盛先生将平便笺条，凑近去，从上面画的简略路线上寻找地图上对应的点，再将地名抄写到本子上。他现在有些后悔，为什么当初不直接拿出地图让她指认？

盛先生还记得她脸上的讶异：什么？你六十年没回国？盛先生笑笑，不置可否。女孩拿出手机，打开地图软件，照着手机上规划的路线，给盛先生"指路"。盛先生从来没遇过这样的指路方式，女孩将地图拉大，给他看街道的排布，学校的位置，以及诸多县城遗留下来的老建筑。他们在一张虚构的地图上行走，盛先生看得目瞪口呆。

现在，盛先生踏上了这片阔别已久的土地。他不再是缺席的。

这种缺席，从他离乡的那天起就开始了，像是骨子里长出来的青苔。他至今仍记得，邮轮驶出港口的时候，他望着茫茫大海，落下悲怆的泪。人头攒动的码头上没有他熟悉的身影。头顶的天空漏了一角，雨水毫无征兆地倒下来，乘客纷纷躲进船舱，只有他站在甲板上，任凭冷雨兜头浇落。也是从那一刻开始，他对未知的远方有了不好的预感。他不知道，那片人人趋之若鹜的土地是否美好如天国。信教的母亲临死前紧紧抓住他的手，用尽最后的力气和他说，快走吧，走了就好。而守着几百亩良田和豪宅的父亲，也永远留在了对岸。

命运跟他开了个残酷的玩笑，他没想到，这一走就是一甲子，直到耄耋之年，他才循着当年逃亡的路线，重归故土。

笔记本上此刻有了一串地名：甲午巷、辛亥街、中山路、人民公园……他玩味于这些街道的名字，认定它们和记忆有着血浓于水的关联。可是越看，他越觉得一切都很陌生。这是他对历史的疑问，也是对自己的疑问。九二年版县志上添的地名，像是新打的补丁。不过他也明白，旧的县志诞生于和现在迥异的朝代，到了新的时代，更改是必然，也是必须，就像有人用粉刷将过去刷过一遍，再画上崭新的标识。

2

听过盛先生故事的人并不多，我是其中一个。

我与盛先生从未谋面,关于他的零星片段,都是陈宝琪讲给我听的,我不过是这个故事忠实的倾听者和记录者。

陈宝琪说:"那次纽约飞北京,我和他邻座,老先生在飞机上翻一本厚厚的图册,看得非常认真,我觉得很奇怪,就和他攀谈起来。他穿了一套看起来很正式的夏装。我问他看什么书,他捧起那本厚厚的图册,告诉我说是一本县志。我一看,差些叫起来,那本县志,就是我们里。老先生起初还不相信,我告诉他,我从小在那里长大,对这个地方再熟悉不过了。听到这些,他喜出望外,马上和我讲起家乡话来。他说他万万没想到会在飞机上遇到老乡(这种几率比中彩票还小),还问我老家变化大不大,县城如今是怎样的。我说,县是以前的叫法,现在升级为区了。他'哦哦哦'地点头。我坐在他身边,看到他鬓角斑白,说话的语气像在背稿,很慢,一个字一个字咬出来,偶尔还夹几个英文单词。我们断断续续聊了很久,说着别人听不懂的'鸟语'。那种感觉,就像这些话也是小鸟,乘着飞机在飞。"

我听得津津有味。是啊,然后还一路从纽约飞了回来。

陈宝琪看着我,脸上露出笑容。

我问她,老先生这次回国,是来探亲还是旅游?

陈宝琪摇摇头说,他说自己这一辈子过得像个钟摆,年轻时荡出去,老了又荡回来。

我听得一头雾水。

陈宝琪解释说:"当时我说,您这么大年纪独自出门,家人不担心吗？他摘下老花镜，像在思考什么。然后他告诉我，他没有家人。对于这个问题，他看起来不大愿意去谈。我没有再问下去，也就不知道他真实的家庭情况。我猜，他老伴很有可能已经过世了。"

这是陈宝琪结束漫长的旅行后，我们第一次见面，上一次碰面，还是她去敦煌之前。大学毕业一年有余，她还没上过一天班，边旅行边准备出国的考试。这一年她的足迹遍布许多国家和地区，近的去过泰国、缅甸、马来西亚和新加坡……远的有北欧、北美、拉美。这次她专程飞去美国，看了几所大学，为未来的留学生活踩点。她从东部的纽约出发，到南部佛罗里达，再去中部的田纳西，接着绕去西部的加州，把美国走了一大半。

陈宝琪闲不下来，你永远不知道她下一站要去哪里。每次出门，她都如同人间蒸发，不经常上网，偶尔更新微博，也只有几张单纯的自拍，连定位也没有。和往常一样，她会和我讲旅途中的见闻。这次听她讲盛先生的故事，我忍不住打断她：你这样到处去，我很担心你。她笑笑说，我不是挺好的吗，没什么好担心的。

我开玩笑道，世界变坏，就是从你们女文青迷信旅行开始的。

陈宝琪笑笑，没有反驳我，继续讲盛先生的故事："老先生说，以前旧社会，背井离乡是天大的事，现在时代不同，年轻人到处去，四海为家，我们的经历你们没法想象，有的感受，你们也无法理解。"六十年前他搭乘的邮轮先是到了香港，再从香港去到国外。他的母亲死了，父亲自他离开后就音讯全无。他从此就像树断了根，这次回来，不过是想看看树根是否还在。

陈宝琪说："听他讲这些经历，就像看一部黑白老电影。"

我觉得老先生更像是活在小说里的虚构人物。

"既然这样，他为什么不早点回来？"

陈宝琪说，八十年代末他准备回来的，但回国的计划因故搁浅了，后来他生了一场病，差点走了，病好后，休养了很长一段时间，又赶上国内非典爆发，没想到拖到了现在。

陈宝琪从盛先生身上，看到了和她全然不同的心境，她想方设法要出去，盛先生却想着要回来。在我们这个远近闻名的侨乡，有很多荣归故里的华侨，即使你不是华侨后代，也有可能是他们的远房亲戚。华侨的名字经常出现在各种芳名录上，大多是那类心系故乡、热心参与公共事业的人，他们出手阔绰，办教育，建水利，福荫子孙后代。但是陈宝琪遇到的这个盛先生却很不同，他不想被世人铭记，更像是偶然飘过半空的云，在地上投落一片暗影。

我问她，老先生后来怎么样了，你们还有联系吗？

这个问题切中了这件事隐秘的核心，我看到陈宝琪脸上表情起了些微妙的变化。

她压低嗓子，神秘兮兮地说，当然了，他后来找到我了，可是你知道吗，他找我不为其他，居然是为了"烧梦"……

"烧梦"两个字从陈宝琪口中说出，听起来像是诡异的符咒。

陈宝琪看着我，期待我作出回应。我像是听到天方夜谭，追问道，烧梦，什么是烧梦？

3

和陈宝琪见面，是在一个三伏天。盛先生换了件短袖衬衫，棉麻布的，穿在身上松松垮垮。他提着公文包，在宾馆门口拦了一辆三轮车。三轮车穿行于烈日底下，车夫背部湿漉漉一片。他卖力踩着脚踏板，问盛先生从哪里来，盛先生说他刚从美国回来。

车夫问，先生返来探亲？

盛先生答道，是啊，返来看看。

车夫说，现在城里变化很大，以前没这么热闹的，路也没有这么宽。说着，车夫发挥所长，当起了导游。盛先生的目光被车夫的话牵引着，在往来的车流和陌生的门楼间穿梭。日头晒得他精神恍惚，好几次接不上车夫的话。

到了红绿灯路口，盛先生焦急地四下张望。他让师傅靠路边停下，朝站在路边等他的陈宝琪招手。

陈宝琪撑一把伞，走过来扶他。

盛先生摆摆手说，不要麻烦，我自己能行。

陈宝琪带着盛先生，进了一家糖水店。

天气实在太热了。盛先生一从宾馆出来，就像掉进了火炉。

对上了年纪的老人家来说，热天如此难挨，陈宝琪递了张纸巾给盛先生擦汗，问他想吃点什么。盛先生说，我喝碗糖水就好。陈宝琪于是指着菜单说，这是龟苓膏，这是双皮奶……还有这个，草粿。"草粿"盛先生是知道的，小时候经常有人挑着担子穿街走巷叫卖草粿粿汁。他多年没尝过，自然怀念那种味道。他食指在菜单上扣一扣说，就这个吧。陈宝琪要了一份烧仙草。

接到盛先生打来的电话时，陈宝琪还有些恍惚。她没想到老先生真的会找她。见面后她小心翼翼的，生怕说错话，坏了老先生的心情。他比陈宝琪印象中还要寡言些，不怎么健谈。这个久未归乡的老番客，看着店里来往的人，手指在桌上没有节奏地敲着，一种难以名状的表情从他的眉梢、呼吸和眼神中流淌出来。

陈宝琪发觉，摘掉老花镜之后，他的双眼看起来更加混浊，眉毛花白，老人斑墨点一样缀洒在颧骨和腮帮之间，两枚眼袋如同干皱的蝉蛹般垂挂着。人不瘦，但很虚弱，像是刚刚生过一场大病。看着他，陈宝琪想起自己早已过世的祖父。祖父如果健在，也是盛先生这般年纪。不过相比起来，祖父要幸运很多，他历史清白，没受政治运动的影响，年轻时是个老师，后来当上了校长，退休后养花弄草，享尽天伦之乐。他是在家人的陪伴中走完这一生的。

陈宝琪想到这些，感到心底那颗皱巴巴的核桃，紧缩了一下。

盛先生从公文包里掏出一叠旧相片，搁到桌上。相片拍的都是些县城的旧时风貌。最上面的那张拍的是一座塔状建筑物，它孤立在一片荒草地上，远景是一片颓垣断壁，因为像素不够，陈宝琪只能勉强判断出它大致的轮廓。盛先生说，这些旧建筑，你都没见过吧？陈宝琪点点头。盛先生将那张相片翻过来，陈宝琪看到，上面用楷体书法工工整整地写了"八角楼"。她一下子明白过来：原来这就是传说中的"八角楼"。她听老一辈人讲，这栋建筑是县城的地标，旁边是她以前就读的中学。但她从来没有见过任何与这栋建筑有关的影像。接着，盛先生像个考古学家，将那些或消失或现存的建筑与遗迹如数家珍般细细道来。几十张相片，有的很新，有的残旧不堪，走马灯似的从陈宝琪眼前晃过，绘制出一幅旧时年月的图景。

这些年陈宝琪在外求学，也四处旅行，去的地方越多，对这座小城的情感越是淡漠。她把自己想象成一个标准的世界公民，学习不同语言，接纳各地的文化习俗，心在哪里，世界就在哪里。她从来没有认真检视自己生活的这片土地，对那些繁琐的礼俗和五方杂处的语言，也向来不在意。在盛先生的讲述中，某种以前她没有意识到的东西，箭矢一般掠过时间的城池，击中了她。

盛先生说："我在美国干过很多工作，刚开始在唐人街做杂工，给超市搬货，后来存了点钱，找了家教会学校学英文。我以前在图书馆当过一段时间的管理员，这些相片大部分是我利用工作便利,从图书馆影印下来的。见到老相片,就像看到熟悉的家乡,看得越多,越想回来。古人讲'近乡情更怯',等到真正要回来了,心情又很复杂。那种感觉就像得了病,如果不回来,可能到死也医不好。"

说着,盛先生抽出压在最底下的一张相片。这一张看起来刚冲洗不久。盛先生告诉陈宝琪,这是我以前的家。陈宝琪仔细辨认,这栋民国建筑的外墙虽然剥落,但依稀可见昔日的光彩。大宅看起来乱糟糟的,悬挂的衣物、横亘的破旧家具,还有坐在门口洗衣的妇人,一切都显示出破败。

盛先生说:"这里现在住着几户外省人。那天我没有进去,就站在门口,拍了这张相片。我向附近老人打听我父亲的下落,问了好几个,有人说土改时,父亲不愿把名下的土地充公,被批斗过。我这几天睡不好,频繁做噩梦,梦见我父亲。唉,也许我,我不该回来……"

盛先生谈到这些,数度哽咽。到了美国以后,他给父亲写过几封信,父亲回了一封。再后来,就彻底没了音讯。隔着重洋,消息闭塞,他根本不知道家中的情况。回来的这段时间,他到档案馆查资料,走访一些老辈人,但是没人知道他父亲葬在哪里。那个时候,地主是万恶的阶级敌人,死了就死了,谁会在乎他的身后事呢?

盛先生说他在城区到处走,找了陈宝琪指给他看的几个地方。车来人往,他走过去,又走回来,很多熟悉的地方已经没了,骑楼倒了，宫庙也难觅踪迹。小时候经常跑来跑去的街巷，现在铺上了水泥。这个地方太陌生了，像打碎一只碗，无法拼回来。他总是梦见以前的老县城，人也好，物也好，都清晰如昨。母亲到教堂做礼拜，父亲考问他在学堂的功课，他们都还在。这个梦往往做到一半，天就落下大雨，什么都给冲走了，他自己也被冲走了……

陈宝琪听他讲这些，一点点吃力地补缀梦中的碎片。

窗外日头很猛，盛先生的声音好像翻刻的录音带，有一股摩挲人心的力量。相识以来，这是盛先生第一次讲这么多话。他被这个梦折磨太久了，不得不说出来。

讲到激动处，盛先生的语速快了，嘴唇翕动，眼底噙满浊泪。

陈宝琪想要安慰盛先生，但她无从开口。盛先生的悲戚晕染开来，将她的心染成一幅暗沉沉的水墨画。她很想对盛先生说，这世上没什么是不朽的，人会老，城会老，什么都会老，安心接受改变，才能活得自在些。然而这些话如此苍白（在这样一个老人家面前，她有什么资格说这些呢？）——它们化作石灰，沉在心底，灼得她疼痛不已。

盛先生沉浸在讲述中，抬手抹了抹泪。糖水店的食客好奇地望着这对老少。陈宝琪感到背脊沾上了一股黏糊糊的哀愁，嘴里的烧仙草，也有了苦涩的味道。时间停滞了，声音也静止了。陈宝琪默默地握住盛先生枯瘦的双手，祖父辞世的那一刻，她也这样握着他的手。

盛先生抹掉脸上的泪。他的眼窝塌陷了,须发黏腻一片,嘴唇在发抖,额头沁出一层细密的汗珠,像在水中浸洗过。

他自顾自地说道,我回国前做了心脏搭桥手术,没剩多少时日了,我不能把这些痛苦的记忆带走。陈宝琪看着他,发现他眼睛里的光,正一点一点地变暗。

4

盛先生要求陈宝琪陪他去烧梦。

陈宝琪向来不信这些神神鬼鬼的东西,年幼时她患过一次严重的湿疹,浑身痛痒,看过几个医生都不见好。阿嫲坚持要去问神,求一道符回来烧水喝。陈宝琪记得,因为这事,母亲和阿嫲争得面红耳赤。她记不起那一次湿疹到底治好了没有。这么多年过去了,味蕾上符水的味道,总会时不时渗出来。那是她第一次对周遭熟悉的事物产生质疑。

她怎么也没想到,这个在西方社会过了一辈子的老人家,竟然要去找神婆!

盛先生说,我想只有这样,我走的时候才会轻松一点。

陈宝琪说,你一直想要回来,现在却想把过去忘掉,这不是自相矛盾吗?

盛先生说,我回来看过,已经没有遗憾了。

陈宝琪只有沉默。

她想起之前看到过的一则新闻,新闻上说,人的记忆和电脑的内存一样,是可以删除的。荷兰有个科研团队一直在研究人的大脑,他们的实验结果显示,记忆可以从大脑的"储藏室"里取出来,然后再通过神经回路重现,而且提取出来的记忆还能人为"干涉",只要把握好正确的时机,利用特殊的仪器对大脑进行轻微电击,就能将选中的记忆毁掉。这样,人类就可以修改记忆了。

陈宝琪把这则新闻转述给盛先生听,她讲得很慢,试图用"科学"的权威来扭转盛先生的想法。盛先生听完,默然垂首,视线不知落在什么地方。过了一瞬,他抬起头来,喃喃自语说,我已经等不到了。

他告诉陈宝琪:"以前乡下神婆懂一种叫'烧梦'的法术,我做孥仔①的时候,厝边头尾谁患了重病,或者撞了邪——凡是碰到不好的事,都会去请神问卦,最灵的一招,要算这个'烧梦'了。烧梦听起来像是招魂,不过和招魂不一样,它可以把人的晦气往外赶,像清明扫墓挂纸那样,把不好的东西统统烧掉……"

陈宝琪静静地听,心揪得紧紧的。她惊讶于盛先生对民间巫术的迷信,竟然想通过这种方式解除心病。现在并非旧时代,记忆也不是什么野草蓬蒿,不是说除去就除去的。来年春风吹拂,

---

① 潮汕方言,指小孩子。

野草蓬蒿还不是照样疯长？

怕陈宝琪不肯应承，盛先生用近乎哀求的语气道，孩子，我在这里已经举目无亲了，请你帮帮我吧。

此刻的盛先生，看起来像一匹跌落泥潭中苦苦挣扎的老马。

陈宝琪好几次欲言又止，她不认识什么神婆，也不知道什么"烧梦"，还是打消这个念头吧。然而话到喉头，还是咽下去了。她无法拒绝盛先生的请求，不能眼睁睁看着他受此折磨。最后，陈宝琪说，你放心吧，我带你去，带你去烧掉这个梦。

5

听完盛先生的故事，我对陈宝琪说，你这种矛盾的心情我能理解，换成我，我也不知道该怎么做。

陈宝琪说，我只好回家问我阿嬷，阿嬷说，饶平水磨那边有个阿娘算命很准，找她一定没错。

阿嬷说的这位算命阿娘名头很响，乡里人可能不知镇上现任领导是谁，但是说起她，妇孺老少，无人不晓。

自从陈宝琪答应陪着他去"烧梦"，盛先生变得安静起来。

去往水磨镇的路上，他靠着车座，呼呼地睡着了。这大概是这么多天以来，他睡得最熟的一次。看着老人家脸上安详的表情，陈宝琪感到一阵心疼。她希望盛先生真的可以烧掉他的梦，从此安安心心，不再为苦痛所扰。

车子抵达水磨镇，他们在乡民的指引下，很快找到算命阿娘的家。她住的老宅看起来普普通通的，门口摆了盆栽，门上挂着一幅竹编的帘子。盛先生站在老宅前，举目凝视，看起来像个虔诚的香客，只不过眼前的老宅并非寺庙，内里也没有半个和尚，有的只是一个外表清癯、看起来无甚异样的老妪。

老宅里排队等候的信众安安静静的，无人高声说话。

隔着竹帘，陈宝琪看到算命阿娘的神坛，还有坐在神坛下方的信众。陈宝琪听到有人窃窃私语，说以前阿娘"算时日"一条才二三十块钱，现在涨价了。陈宝琪听见门帘那头的老妇人开口说话，丹田气十足，一字一句，有板有眼。盛先生看起来像个耐心候诊的患者，安静地坐在塑料椅上。陈宝琪被这安静感染了，她看着屋里的人，看着盛先生，突然明白了什么。也许所有人本质上都是一个"有神论者"，只要恐惧不除，人就总得信些什么，有的人相信科学，有的人选择宗教。因此，盛先生感到无望时求告神明，也就无可厚非。

轮到盛先生了，陈宝琪扶他走进去。竹帘掀开，迎面一股香灰的味道，呛得陈宝琪眼睛酸胀。算命阿娘的老宅里，地板是水磨石的，大厅和天井相连，有两间客房，其中一间，就是算命阿娘设的神坛。

陈宝琪的目光有意无意地躲着什么。屋里光线有些暗。落座之后，陈宝琪惊讶于盖在神坛上的织锦那繁复的图案，燃烧的蜡烛和香枝，和刷得粉白的房间看起来格格不入。神坛上摆着的香炉堆满了香灰，此外，上面还有纸和笔，以及一把闪着寒光的刀。其中最惹眼的，要数供在神龛的菩萨像了。陈宝琪想起阿嫲说过，算命阿娘是观音娘娘附身，乡下人简称她为"阿娘"正源于此。落神时，她不再是一个普通的乡间妇人，而是神明化身，她口中说出的话，有理有据，字字如金。陈宝琪感到心头一阵乱糟糟的，如果菩萨真如人们所说般无所不知，那她会戳穿眼前这个无神论者吗？想到这些，她情不自禁地握住盛先生的手。

陈宝琪疑惑，算命阿娘怎么能在两种身份间自由来回呢？开坛前，她是一个瘦削的、手无缚鸡之力的老妇人，观音附身后，变成了知祸福卜凶吉的神仙。

盛先生颤巍巍地说道：阿娘，弟子有事相求。

话音刚落，算命阿娘提起笔说，时辰八字念来。

盛先生解释道，阿娘，我不算命，我是来"烧梦"的。

算命阿娘的手僵住了，搁在半空，死鱼一般的眼白翻出来，吓得陈宝琪汗毛倒立。那一刻，她望见愠怒凝聚在算命阿娘的眉间，随时就要爆发出来。

陈宝琪坐立不安，只想拉着盛先生赶快逃离这个地方。

算命阿娘搁下笔，忽然莫名大笑起来。她的笑尖厉而凄惶，搅得房间里空气荡起微澜。陈宝琪注意到，她的表情一霎间换了，开始低眉顺目起来，声音也和刚才不同了。陈宝琪感到头皮一阵发麻，仿佛这方窄小的空间里，真的有一个超凡脱俗的存在。

阿娘讲，梦烧完就回不来了，你可要想清楚。

6

"烧梦"的仪式貌似很复杂，但如果打个比方，听起来就很简单了：它像医生开药方，必须对症下药。首先要明确两样东西：梦的具体细节，以及烧梦者想要烧掉的那一部分。

算命阿娘推过来一张纸，要求盛先生在纸上写下他的名字。

空气中有股黏稠的气息。眼前的算命阿娘神情肃穆，眉目间透出一股凛然。

陈宝琪望着盛先生，他花白的头发在光线中浮动。她以为盛先生还要讲那个折磨他好多年的旧梦。谁知道这一次，他讲的是另外一个。一个陈宝琪从未听过、全然陌生的梦。

盛先生说：我梦见自己搭乘的邮轮（应该是我十几岁离乡时搭的那艘）遇险翻船了。我醒来时躺在海滩上，身后是海。日头很毒，我爬起来，朝着内陆走去。我看到的人皮肤都很黑，小孩子不穿衣服四处跑。我无意间闯进一条大街。大街人来车往，两边很多店铺。我继续走，越走越困惑，两边都是骑楼，骑楼底下，有米铺，有衣帽店，有卖吃食的，还有棺材铺……男女老少，皮肤黑，牙齿白，好像混种人。大街灰扑扑，高音喇叭在放音乐，听不清放的是什么，好像是地方剧。拐进一条小巷，我见到井边有个妇人，妇人背着孩子，蹲在井边洗衣服。我走过去问她,这是什么地方。她警惕地看我说,你连这里都不知道?我又问,那条街叫什么?妇人皱眉说,你连巴毛街都不知道?我摇摇头,说我是外乡人,第一次来这里。妇人的口音,是潮汕话和其他不知什么方言的混合。我听得懂,只不过音调不同,有些词必须努力分辨才能听清。妇人口中那条"巴毛街"让人生疑。后来我才明白,"巴毛"就是过山鲫,是那种可以在陆地上用身体爬行和翻跳的小型亚洲淡水鱼。想通这点,我才恍悟,巴毛以生命力顽强著称,离了水还能存活,是当地人的图腾,是他们信仰和崇拜的神。这个不知叫什么名字的小城,由来自不同国度和地方的移民组成,有的听口音,是福建人,有的是潮汕人。他们和我一样,是在海难中存活下来的。他们与当地人结合、繁衍,在这里扎了根。我没想到的是,当我再次走进大街,一群持枪的人团团将我围住。他们把我打晕,吊在城墙门口。等我醒来,才意识到是背小孩的妇人告的密。他们要把我当成入侵的间谍处死。我听见底下民众高喊,他们抛弃了我,还派人来侦查,烧死他!烧死他!声浪一阵盖过一阵。我就要死了,汽油浇到头顶时,我看见不远处有坟堆,所有墓碑都朝着我来时的方向。

盛先生的声音,从很远的地方传来,带着劫后余生的惊慌与不安,充斥于光线晦暗的房间内。

他怅然地讲,我那时如果跳海死了,该多好啊——

陈宝琪沉浸于这个异乎寻常的梦(以至于她转述时,声音也带着梦一样的气息)。她不知道这个梦是真是假,抑或只是盛先生幽暗心境的投射?也许这个真假难辨的梦,和盛先生的人生一样,是个传奇。

算命阿娘听完,眉头皱起,她与盛先生之间隔了一重看不见的幕帐。片刻后,她拎起神坛上的那把刀,刀离开桌面时扑起一阵香灰,算命阿娘表情狰狞,空气中似乎有什么魑魅魍魉横冲过来,撞在她身上和脸上。只见她右手握住刀柄,左手张开,遮在唇边。陈宝琪隐隐预感到什么可怕的事情正在发生,她的眼睛闭上了又睁开。这时,她看到刀搁在算命阿娘的舌头上。刀尖碰上一截粉红色的舌头,刺啦一声,在舌头割裂一道口。算命阿娘迅速抓起神坛上的一叠黄纸,贴住舌头,再拉下来,手指沾血,在符纸上凌乱涂抹着什么。

盛先生的身子震了一下。陈宝琪几乎要吓晕过去,她挨着盛先生,偏过头,不敢看这血腥的一幕。她的喉头泛起酸气,她捂住嘴,差些吐出来。

一切进行得太快了,超乎陈宝琪的想象。不知过了多久,陈宝琪才从这迷离的氛围中恍过神来。盛先生表情木然,身体微微发颤,整个人像是飘浮在另外一重时空。

陈宝琪不敢伸手碰他,生怕不小心,将盛先生的魂魄撞得粉碎。

算命阿娘做完这套繁复的仪式,脸上恢复了平静,她端坐在太师椅上,嘴唇既没有流血,也不见任何痛苦的迹象。陈宝琪听见她口中念念有词,她手里的符纸烧起来了,在空中舞动,符纸上的血字被火舌吞噬。陈宝琪嗅到一股混杂了血腥和香灰的气味。一个又一个赤红的血字于火光中腾起、跳跃。顷刻间,纸符化作一堆薄薄的灰烬掉落下来。火光点燃了房间,照亮了神龛上慈眉善目的观音像。

陈宝琪知道,这个梦已经烧完了,盛先生也该醒过来了。

陈宝琪讲述这段奇妙的经历时,也将我拉到了那个光线晦暗的房间:神秘的算命阿娘,衰老而凄惶的老人家,以及种种触她心灵的迹象,它们编织成一张看不见的网,笼罩下来。陈宝琪说,经过这一次,她终于理解了盛先生,也明白这世上,不是所有人都有能力战胜痛苦。她还说,"烧梦"结束之后,她心底有一些寂灭的东西苏醒过来,像是在春天冒出嫩芽的笋尖,窸窸窣窣,直往上长。

陈宝琪并没有告诉我,盛先生最后去了什么地方,我也没有问她。

我知道,在我写下这段故事时,盛先生正提着行囊,踟蹰在另一条归乡路上。

消失的父亲

常润躲在竹帘后，黑黑的眼珠盯着里间的人影。

祖父端坐蒲团之上，盘腿，闭眼，双掌自然下垂，覆住膝头，样子如同坐化入定。常润从这个角度看，觉得祖父日渐萎缩，骨头和骨头磕碰发出清脆声响，就要散了。常润想，如果用拐杖去敲，他一定不会喊疼。一个骨头要散的人，怎么会疼呢？

祖母告诫常润，千万不能吵到你阿公。祖母的声音压得很低，常润仰起头问，为什么？

祖母说，他在练功，吵到他要打你。

常润又问，练什么功？

祖母说，气功，菩提功。

常润好奇，眼睛睁得更圆，什么是气功？

祖母皱眉，气功就是气功，我也说不清，你问那么多做什么。

常润又问，练气功可以飞起来吗？

祖母问，飞起来做什么？

常润说，飞去找我爸。

常润佝着身子坐在矮凳上。他的话让祖母无从应答。

祖母捋一下额头银丝，眼眸湿润，嘴唇哆嗦。她摸了摸常润的头，牵着他的手，叹气道，阿嫲老了，管不了你那么多，只要阿嫲在，你就不能去找你爸。你爸不会回来了，你死了这条心。祖母对常润说话，用的是训斥的口吻。常润当然不明白，什么叫"死了这条心"，他不知什么叫心，更不知什么叫死心。他只知道，好几年没见着爸爸了，爸爸半夜从窗户飞走，飞到了一个他找不到的地方。祖母的话令常润眼底的光暗下去。他回头望一眼门帘，背面有影子在晃。常润揉揉眼，嘴巴瘪下去，天井上挂着大日头，透过遮光网洒落零碎光斑。他的脸颊一阵燥热。

常润撇开祖母的手去找母亲。

母亲说，你爸和你玩捉迷藏，他躲起来，不让你找，你就不要找了。

母亲这么说的时候，转过头，偷偷抹泪。

母亲虽然还很年轻，但是在常润眼里，她已经很老了，看起来和祖母一样老。年龄对常润来说，是个如同雾气一般模糊的概念。常润喜欢趴在玻璃窗前看外面，磨砂玻璃蒙着灰尘，下雨天洗不尽，外面的景象影影绰绰。常润揉揉眼睛，害怕自己和患白内障的祖母一样眼睛瞎了。他对眼睛好奇，常拿一面圆镜自照。那是一面普普通通的镜子，铁皮框架，手掌般大小。

置于掌心，就像一只悬挂在身体之外的器官，透着冰冷的金属光泽。他从镜面上看到自己的黑色瞳孔，以及瞳孔中小小的倒影。那里有一个孩童，孩童的眸子躲在镜子背后。常润把头探到镜子背面，发现那里空空的，只有水银抹成的一层淡蓝色。用指甲一抠，淡蓝色水银发出"刺啦刺啦"的挠耳声音，听得常润起了一身鸡皮疙瘩。他看到影像消失在镜子背后，镜子背后什么也没有，如果什么也没有，他又怎会看到自己的脸正在"消失"呢？

镜子如此令常润着迷，同时令他着迷的，还有祖母患白内障的双目。他从未见过一个人的眼睛可以丑陋至此。常润央求祖母给他看眼睛，学着大夫的样子，擎一支手电筒，拧开开关对准祖母的眼睛照过去。他用食指和拇指撑开祖母的眼皮。祖母一只眼球像覆上一层半透明的膜，眼白浊黄，像一颗烧制失败的玻璃珠。常润想起自己收藏的一袋玻璃珠。玻璃珠和眼珠的相像程度让他既惶惑又激动。

他说，阿嬷，等我长大当医生，给你双眼装上玻璃珠，你就能看见了。

祖母喜欢被他折腾。她扑哧笑起来，移开手电筒，抬起头，在常润脸颊上轻轻地拧了一把。装什么玻璃珠，你要阿嬷死啊。生死问题在祖母这里并没有什么避讳，她谈起"死"来就像谈论吃喝拉撒一样。常润当然不懂，祖母为什么这么开心，他还很小，害怕像祖母一样变老。人老了，就会得白内障。祖母视力差，老厝光线一暗，她就烦躁地开灯。她在老厝里行动自如，常润从未见她因为视力不好而撞到或跌倒。她是个身材矮小的老太，短发，刘海一小撮头发灰白。她进出厨房、浴室和房间，来去自如。她的"目力"好着呢，总能逮到常润偷吃东西。常润才刚掀开饭桌上的塑料圆罩，祖母的声音就随之响起。她赤脚在家里走路，动作利索，脚下生风。祖母逮住常润时，常润能感觉到她的愠怒，常润什么都能感觉到，他还能感觉到祖父骨头发出的脆响。

老厝里间的光线比外面更暗。光影隔开两个截然不同的世界。暗的一边，祖父像个沉默的影子，终年醉心于坐禅和养身术；亮的一边，是常润所在的狭小空间，他整日耽于幻想，脑子里总有各种稀奇古怪的念头。

里间弥漫着一股中药味。瓶瓶罐罐置于茶几下，常润偷偷打量，褐色玻璃瓶装了狰狞的白鹭鸶，膨胀碎裂的人参，蜷缩卷起的蛇身。装了不同补药的玻璃瓶排列在一起，瓶身黏腻，手一摸，有些潮湿，指间染上酒味。这些都是祖父的珍藏，他对衰老和死亡的恐惧渗透进老厝的角角落落。常润用鼻子去嗅，闻到酒精透过玻璃渗出来，飘散在空气里。

常润鲜少看到祖父爽朗大笑。他表情不多，话更少，生怕开口笑和动气会消耗掉体内的精气神。祖父从村支书的岗位上退下已经许多年了。这些年，他安置于老厝，隐居在市井，极少和外界往来。他听收音机里的广播，看《新闻联播》，习惯将遥控器放在抽屉里，不让常润触碰。

他像是常润家族里的一尊肃穆的雕像。常润怕他，尤其怕做错事遭受他的惩罚。

有一次，他欢呼着跑进老厝，惊扰到正在静坐的祖父，遭了一顿打。祖父拎起竹条，命令常润伸出手，摊开掌心，不许躲闪。竹条看似扁扁的，但落到掌心，疼痛难忍。常润憋不住眼泪，呜哇呜哇哭出声来。祖父不诉诸言语进行苛责，只用竹条施行对孙子的训诫。常润是个左撇子，左撇子不见容于这个家族，这个家族从来没有左撇子。祖父的竹条因此也成了用来矫正常润的工具。那些日子，常润挨的打骂不下数十次。祖父将细长的竹条悬挂于门廊之下，开饭时，他将竹条取下，置于饭桌一侧随时待命。

只要常润习惯性地使出左手，祖父便顺势抓起竹条，啪啪啪。

这于常润，又是一餐含泪咽下的饭食。

他手心手背因此常常浮起鞭痕。

母亲看在眼里，不出声，吞咽间喉咙发苦。常润大勺大勺舀饭，嚼碎，像石子般吞下。饭后，常润疼得龇牙，母亲抱住他，捂在胸口。常润感到一股热气涌来，那是母亲的味道，混合了汗味和乳香。常润那时已经断奶好几年。母亲身上的乳香来自何处，仍是一个谜。常润靠在母亲胸口，那里蓬松柔软，像装了水的气球。他很快睡着了，口水沾湿了母亲的上衣。

祖父看待常润的母亲，就像地主对一个地位低下的婢女，表面和气，私下薄情。她起早摸黑，烧火，煮饭，挑水，揽下这个家庭的粗重活。她在街坊邻里间早就形同守寡。只有她始终不肯认清这个事实。说起丈夫莫名其妙的"消失",她的心口就一阵发痛。她和别人说,丈夫走后,给她捎来口信,说他正在接受神明的召唤,独自赴深山老林修行。她在梦中与丈夫相遇,他看起来比离家时瘦了些。她知道,大概是山中生活过于清苦,他每日只能粗茶淡饭。他向她露出笑容,宽大的身体迎上来,他们拥抱,亲吻,交媾,肉体撞击出激越的快感来。丈夫自从离开这个家以后,只在梦中才会归来,在梦中,他才是实在的,呼吸粗重,肉身不灭。她甘愿接受丈夫不在身边的事实。她相信,丈夫会有归来的那天。

祖父将儿子的失踪归结于儿媳,认为她颧骨太高,嘴唇偏薄,额头低,是克夫的面相。

祖父想起儿子当年搭救落水女的往事,恨不得可以退到过去,一脚将她踹开,任其自沉。祖父想,都是命啊,若不是他那日恰好路过水利渠,断断碰不着这桩"好事"。乡里人激赏这位年轻后生见义勇为,捞起来一个不慎落水的女子,也顺带捞到了一个老婆。儿子成婚那天,在祠堂摆酒,二十来桌,稀稀拉拉。他们请了乡里厨师做菜,祖父锱铢必较,亲自过问酒菜的价钱。众厨子从未见过这样吝啬的老头,儿子成婚,看不出他有任何阔绰举动。这让年轻人极为难堪。赴喜宴的友人激新郎喝酒,他仰脖喝下,脸红得像猪肝。他们拧他屁股,在他耳边吐烟,逼他当众亲新娘。他一再推开。

众人借机发泄对这场喜宴的不满，逗得越凶，围观者越是亢奋。

常润母亲当年二十出头，她在酒席上斡旋。愣是将醉酒的丈夫拖在身边，一手护紧，另一只手夺过他的酒杯。周遭众人起哄，她面露难色，终于在一阵一阵的怂恿和喝彩中，灌下一杯又一杯。微醺之际，欢笑声在祠堂里飞起。

老人家坐于主桌上，看着眼前这场闹剧，气得浑身发抖，拂袖而去。

常润出世时，天气热如蒸笼。接生婆忙得满头大汗，抱出裹着羊水的婴孩，拍一拍屁股，屋子里响起咿呀哭声。常润母亲躺在眠床上，头发缠结，脸白得像张纸，她只觉得腹中肉块被掏空了，瞥见孩子是带把的，她松了口气，像打赢一场仗。常润父亲激动地握住拳头，祖母抱过婴孩，泪水沾湿脸颊。祖父是最后一个得知喜讯的。他点点头，走到门口，抬眼望见西边，火烧云燃得赤红，明日准又是个响晴的天。

谁也不曾想过，有一天常润父亲会抛下妻儿，脱离这个家，从此消失不见。

祖父发动族里的男女长幼寻找失踪者。镇上的人听闻，也自愿组成搜救队，从白天到黑夜，几乎将附近的山头翻了个遍。

那天夜里，常润的堂叔打着手电筒，把镇上的角角落落都找遍了，依旧不见兄弟踪影。他累得坐在水塘边，望着铺满水浮莲的池面。凉风吹来，一池水浮莲簌簌作响。他痴痴看着，觉得水面被什么东西剥开了,堆积在水塘底下的淤泥露了出来。他定睛一看,发现那是一张男人的脸。他吓得背脊发冷,扔掉手电筒,飞奔回家。

到了老厝门口,堂叔被花岗岩的门槛绊倒,将一颗门牙磕断。

阿嫂见状,喊人前来救命。

堂叔满嘴是血,哆哆嗦嗦地喊,我看到大哥了!

族人在堂叔的指引下,聚集到水塘边。这是乡里最大的一口水塘,岸边垃圾成堆,水塘里满是密密匝匝的水浮莲,死去家禽的腐臭味、人的屎尿味以及说不清来源的味道,被风一吹,刺鼻难闻。

夜色黑漆漆一片,岸边人头攒动,远处树影幢幢,狗吠不止。

母亲抱着常润,立在岸边。常润双目迷离,风吹得他昏昏欲睡。他还太小了,不明白这个夜晚发生的事会对他造成多大的影响。也是从那时起,他记下了母亲身上的香。多少年了,这香气长在皮肤里,只要一靠近,就能闻得到。常润不仅闻到母亲的味道,还闻到池水搅混后发出的腐臭。水在晃动,人影也在晃动。

族人临时拉来了一台抽水机,开足马力,直至池水抽干,也不见活人的影。

他们抱怨堂叔一时昏了头,好好的人怎么会说投水就投水?

天蒙蒙亮,众人沮丧地归来,祖母熬了一大锅白粥招待亲友。

众人就着咸菜和菜脯，一锅粥很快见底。堂叔的门牙断了半颗，因为疼痛，他说起话来含含糊糊。他哭丧着脸，坐在椅子上，褪下沾了黑泥的裤子（他第一个跳下水塘寻人），哀叹道，大哥，你到底去了哪里。

祖母跪在地上痛哭哀号，不断喊着"孥啊——孥啊——"。祖父背着手，在外厅来回踱步。他不时厌恶地瞪一眼常润母亲，发现她安安静静，不哭不闹，脸上表情木然，好像丈夫并没有失踪，不过是外出一趟，隔日回返。

常润被母亲抱在怀中，母亲喂他喝粥。粥很烫，他脸颊一片绯红。

失踪看起来几成事实。族人到电视台报了寻人启事，很快整个镇上的人都知道，常润的父亲走失了。谣言和各种说法满天飞，有人说，常润父亲精神失常，半夜被鬼抓走了；有人说，晨间进山挑泉水的老妪看到他骑着车，沿着公路，往漳州的方向去；又有人扬言他们握有常润父亲偷情的证据，他带着姘妇私奔去了……

这些不仅让常润的母亲蒙羞，也让整个家族无脸见人。

寻人启事撤下来了，祖父下铁令，不准别人再提起。

转眼几年过去，常润到了上学的年纪。在学校里，常润和别的孩子不同，他是个没有父亲的孩子。老师布置他们写作文，题目是《我的爸爸妈妈》。常润咬咬笔头，写下第一句："我的爸爸没有了。"在常润的世界里,不存在"消失"与"失踪"的区别,只有"有"与"没有"。蓝天是有的,白云没有;水是有的,鱼没有;妈妈是有的,爸爸没有;你是有的,我没有。

作文本被同学夺去传阅,对着稿子大声念出来:"我的爸爸没有了。"这句不太符合语法规范的话,很快成了同学嘲笑常润的口号,有人起头,其他人就跟着喊:"我的爸爸没有了。"

常润哭了,他揪住领头那个男生的衣服,用指甲抠,抠得人满脸是血。那男生哭号着跑去找老师告状。老师罚常润在教室门外站了一上午。

从此以后,常润对写作文产生恐惧,尤其害怕看到任何与"父亲"有关的字眼。他厌恶填写表格,只要有"家庭关系"一栏,他就跳过去不写。只要不写,那一栏就永远空着,而空的东西,意味着从来不曾存在。

可是,如果父亲不存在,又何来常润呢?儿子与父亲是一条绳索上的两个结,一个结消失了,另一个结也就不完整了。

常润厌恶这种不完整,他想方设法去填补,不管是以一个人,还是一样物品。

常润想象父亲是这样"没有"的:他驾着一艘打稻谷的木桶做成的帆船,打稻谷的木桶深且圆,漆了一层釉,可装一个人。木桶帆船有桨,有舵。桨是长的,舵是方的。父亲被一阵风鼓荡起来,的确良衬衣飒飒作响。木桶帆船升起来,越升越高,脱离地面，变成一个必须仰望才能窥见的小点。接着，这个小点和天上云层融为一体，终于进入永恒。

为了重现这一画面，常润在家中墙壁上用红色粉笔画出帆船轮廓。墙壁粗糙，粉笔所到之处掉落灰尘，在墙角堆积起来。常润画得很用力，他站在矮凳上，画得手腕酸痛。然而帆船那么大（应该说，圆木桶那么大），常润得花很长时间，才能将它的形状完美地复制出来。画好帆船，帆船上的父亲，他却无法画。常润绞尽脑汁也想不起父亲长什么样。他沮丧地看着已经被一艘帆船覆盖住的整面墙，觉得父亲应该是躲在船舱里不肯露面。常润不允许父亲躲起来，可是又想不起父亲的样子，甚至连他的身形和衣着也无从想象了。他望着墙上完成一半的作品，沮丧地从矮凳上跳下来。

常润趁祖父不在家（他难得出一趟门），走进里间，踮起脚，看祖父书桌上压在整片玻璃下的旧相片。上面有年轻时的祖父，也有年老时的祖父，还有和母亲一样年轻的祖母，常润一张张找过去，却没有看见任何哪怕"类似"或"疑似"父亲的形象。父亲究竟是怎样的一个人，他那时候太小了，没有半点印象。父亲的样子被他弄丢了。常润急得哭鼻子，他找不到相片，就哭着去找母亲。母亲问他怎么哭了，是不是被谁欺负。常润指着里间的方向说，我找不到爸爸的相片，你给我相片。

自从祖父勒令清除失踪者的痕迹，这个家中所有常润父亲的痕迹就随之一点点消失。母亲想不通，老人家为何要下这样的命令，人失踪，又不是死了，还不能留个念想吗？祖父说，他见不得这些，睹物思人，一看见相片就心如刀锯。他不是个硬心肠的人，儿子无声无息地出走几年，没有音信，在他看来，就等同于死了。他愤愤地想，他们二老待他不薄，将他抚养成人，没有功劳也有苦劳，抛下家中老小，算个什么东西！

在这个问题上，祖母和常润母亲站在一边，她们和祖父不一样，既然常润的父亲选择以这种方式离开，一定有他的理由。至于是什么理由，却没有人能说得上来。祖母把相片藏起来，想儿子了，就偷偷拿出来看。相片没有过胶，锯齿状的边沿已经被蛀虫噬掉一部分，上面满是斑迹，有黑点，也有泪痕。

常润母亲也把相册偷偷藏起来了。相册上有她和丈夫年轻时候的合影。她带着常润，爬上楼梯，来到阁楼，从床底下拉出一个漆红木箱。木箱久不曾开启，上面落了一层细细的灰。母亲从抽屉里摸出一把钥匙打开木箱，木箱里放了樟脑丸，散发着一股刺鼻的味道。

常润疑惑，母亲身上的味道是不是从这里来的。母亲的手撩起箱子里堆满的衣物，伸到底。木箱如同一口停放尸体的棺材，那里躺着父亲的相片。母亲小心地取出相册，嘱咐常润不要发出声音。母子二人依偎在楼板上。常润翻开母亲递给他的相册，上面有父亲的样子：短粗浓黑的眉，眼睛不大，嘴唇上方有一小撮胡须，由于相纸发黄，他看不出父亲皮肤真正的颜色。父亲穿一条喇叭裤，交叉双臂站着，一只脚往前押开，形成八字，一脸严肃。相片的拍摄背景是开满荷花的人工湖，母亲说，这是父亲在金砂公园拍的纪念照。

常润脸上还挂着泪痕。母亲搂住他孱弱的身板，她的眼睛追随着常润的眼睛，从相册第一张看到最后一张。相册像书本那样被分拨开来，拨开一张，两面都夹着影像，如同一枚硬币的两面。常润仿佛听到时间哗啦啦翻页的声音。他看到母亲激动地捂住嘴巴，哭了起来。

常润从相册里抽出那张父亲的独照，像怀揣一件宝贝，入睡时还捂在胸口。母亲劝了几次，也不肯放下。等到常润好不容易睡着，母亲才小心地掰开他的手指，取下相片。

她借着微弱的光线，深呼一口气，凝视相片中的年轻男人。

那时他们尚未相识。他的眉眼里透着光，大概是他最年轻气盛的时候，觉得天地万物，皆备于我。常润母亲不知道，这个男人骨子里浸染了与别人不同的气息。他痴迷于研究星相和命理学，空下来就埋头读《周易》，读到如痴如醉，站起身，拍桌大笑。那时常润刚出生，他也不帮手带孩子，倒是一时兴起，给儿子测八字，算五行。测得命里缺水，于是顺沿辈分取"常"字，再缀上一个"润"字，当了名字。他嘴里常念念有词："易有太极，是生两仪，两仪生四象，四象生八卦。"——这是他们结婚后，他与她探讨万物起源时常说的话。常润母亲当然不懂，为何虚实相生，为何由一生万物。他语气高昂，而她还沉浸在新婚带来的幸福中，全然不明白几年之后，这个迷狂的男人会选择自动消匿。

她翻过相片背面,看到"元亨利贞"四个字,似乎与什么咒语合辙押韵。她眉头紧皱,想探究背后藏着什么隐秘,但翻遍房间,也找不到丈夫当年研读的典籍。除了相册,屋里没一样物什是属于他的。丈夫走后,她刻意不去想他。每次他从梦中归来,她都欣喜,张开怀抱接纳他。可是在这个夜晚,她看着常润熟睡的样子,觉得屋子如同空心的坟墓,四面八方都是风,灌进来,将她淹没在一片阴冷中。

她胸口发疼,闭上眼睛,努力去想她和常润父亲相处的日子。他沉溺在一些玄虚的事物当中,表面看上去和别人没有什么不同,但很多时候,她同他说话,他的回答只有寥寥几句。她当年不慎落水被他救起来时,她就笃定,要将自己托付给他。但她没有想到,这一切或许只是一个筹划已久的谋略,待她生下常润,他便可以中断俗世伦常,继续他未完的修行。

想到这里,她失魂跌坐在椅子上。昏黄灯光照着她的睫毛,落在她身上。她这才意识到,他是真的离开,不回来了。她攥紧相片,把相纸揉皱了,抬起手背抹脸,满脸是泪。

这一夜,她没有再做梦,没有梦见丈夫。他从梦中彻底消失了。

隔天一大早,常润起床后,笑嘻嘻的,平日他喝粥都是慢吞吞,这次却呼噜几下喝完了。母亲看他吃得这样快,劝他慢点吃，不要吃伤了。常润用手抹了抹嘴说，我吃完啦！说完，背起书包去学校了。他的书包里放着那张父亲的相片。母亲骗他说，相片被她不小心压坏了，边角卷起，父亲的腿本来是直的，现在看着却是弯的。他将相片放入课本，夹在《从百草园到三味书屋》这篇课文里压好。他从来没有这么高兴过，他觉得父亲就在他身上，和他在一起。他恨不得告诉所有人，他有爸爸了，爸爸和他在一起。

小学门口检查仪容仪表的同学把常润拦下了。他们问常润，你的胸章呢？常润低头一看，一下慌起来。同学板着脸说，学校规定，没胸章不准进校门。常润百口莫辩，只好悻悻地往回走。

他走到大榕树下，望一眼日照下波光粼粼的大水塘。这时节水浮莲还没有长出来，垃圾沉到淤泥中，水塘看起来像一面铜镜。父亲出走的那晚，母亲抱着常润站在这里，池水发出恶臭。他捡起一块石头用力掷出去，石头落在水面，溅起水花，水面荡开涟漪，又很快恢复平静。接着，他捡起另一块石头，再次掷出去。这一次，石头溅起更大的水花。

常润站在水塘边，扔过几次，才稍稍解气。他累得直喘气，看着满手的灰土，掖紧了背上的书包，走开了。

走到镇道和市场交接的地方，常润看到一家照相馆，他记起来，母亲曾带他来这里拍过证件照。他走上前，发现照相馆还没开门。他无所事事，就在照相馆门口的台阶上坐下来。他从书包里翻出语文课本，拿起父亲的相片对着日头看。父亲在日光照耀下变得透明了,他的脸和太阳融化在一起,就像乘坐在木桶里飞走的样子。常润就这么坐着,反复把玩这个游戏,直到日头偏西,阳光照到了别处。

照相馆老板开门营业的时候,看到坐在门口的常润,他问,你在这里做什么。

常润站起来,举着相片说,阿伯,我要洗相片。

照相馆老板戴着一副厚厚的眼镜,有个圆圆的鼻子,他招招手说,进来吧。

常润告诉老板,他想把父亲的相片放大。至于放大到什么尺寸,他心里没个概念。老板拿起皱巴巴的相片,你要洗多大尺寸?常润抓抓耳朵,指着墙上说,和那个一样。老板一抬头,看到一张标准的遗照相,定在相框里,注视着照相馆。老板说,冲洗这个要五块钱。常润从书包里翻出一张五元纸币递过去。老板收下钱,告诉常润明天来取。常润问,今天能取吗?老板摇摇头,耐心地解释说,常润手头的相片弄皱了,要修复才能放大,他要送去别的地方找人处理。说罢,他将复写纸夹在收据簿中间,抓起笔,问了常润名字,写了起来。

他嘱咐常润保管好收据,明天记得取相片。

常润接过收据,看了一眼父亲的相片,离开了照相馆。

没有相片在身边的常润,像失去了水的鱼。回去的路上他走得很慢,他不想回家,也不想去学校,他只想在大街小巷里四处走走。他把书包背在前面,边走边用鞋子踢着路面的石子。

书包里的文具盒发出哐当哐当的声音。早晨喝过的粥变成了一肚子水,他的肚子变得像一口闷锅,水在里面咕噜咕噜滚开来。常润放了一个响屁,打了一个长长的饱嗝。他的腹部绞痛起来,他因此放慢了脚步,捂住肚子深呼吸。

常润望了望四周,发现距离水利渠不远的地方,有个公厕。

他按住胸前的书包,飞快跑起来,跑得脸色苍白,跑动的姿势扭曲而滑稽。冲到公厕的时候,一股恶臭扑鼻袭来,把他呛得差点作呕。他觉得屁眼里堵着的屎就要流出来了。他双脚踏在花岗岩的踏板上,哆嗦着迅速褪下裤子,搂紧书包,一屁股蹲下来。

镇上这样的"东司"已经没有几个了,搭建在水利渠旁边的这间公厕墙体剥落,石料倒塌了大半。常润脚下踩着的那块花岗岩横放着,摇摇晃晃的。常润紧绷着身体,小心地保持平衡。他的脚底下浊黄一片,靠墙的地方是黑色的。他忍住恶臭,不敢往下看。啪嗒一声,他感到身体里有什么东西往下掉,摔在一池黏稠的脏物中。

苍蝇在耳边嘤嗡作响,常润憋得满头大汗。他松了一口气,低下头,瞥见脚边尽是蠕动的蛆虫。那些肉色的虫子湿漉漉的,身子一伸一缩爬动,半天也挪不了一厘米。常润想起来,阿嬷形容一个人很懒,会说这个人"懒过东司虫"。

常润感到一阵恶心,浑身毛发竖了起来。

头顶是片灰色的天,日光照下来,他抬起头,鼻子一阵发酸,打了个响亮的喷嚏。

这时他才发现，他身上没有带厕纸。

他的手感觉到了什么，索性从书包里掏出课本，翻到《从百草园到三味书屋》那一课。洗相片的收据夹在那里，他犯了难，如果用这张收据来擦屁股，明天取相片怎么办？这么想着，他将收据抽出来，叠好，放进裤兜里。接下来，他没有丝毫犹豫，用力扯下语文课本的扉页，双手捏住两头，使劲揉搓，勉强用它揩净了屁股。

做完这一切，他猛地站起来，脑袋突然一阵晕眩，眼前发黑，像给人狠狠地敲了后脑勺。他来不及扶住墙壁，一脚踏空，摇晃的花岗岩石板随之塌陷。这一切都是在极短的时间内发生的。常润整个人瘫进了粪池里，他发出一声惨叫，嘴巴、鼻子和耳朵就让屎尿灌满了。巨大的粪池变成了泥泞的沼泽地，他伸直双手，用力蹬腿，拼命地挣扎。一分钟不到，他小小的身体被吞没了。这一次，他终于变成一块石头沉入水中，水面一合，石头消失。

常润被找到的时候，粪池上只剩那个印着奥特曼图案的塑料布书包，上面落了苍蝇，爬满蛆虫。常润母亲闻讯赶到，怎么也不敢相信，躺在地上湿淋淋的孩子就是她的儿子。她像个被抽掉气力的纸人，跪下来，抱起常润的头，就像她以前抱他一样。这一次，常润闻不到她身上的气味，他的鼻腔里塞满粪水。

他闭着眼,像睡着了。母亲身体里积压已久的悲恸,这时才得以释放。她高喊着常润的名字,哭得整个人瘫软下去。家族的男女老少赶来了。祖父远远地停住脚步,不敢往前走。他望着众人的背影,脸上淌满了泪水。祖母哭得晕倒了过去,这个患白内障的老人看不清常润的脸,但她真切地感觉到,常润已经不在了。

救起常润的阿伯站在路边,用水冲洗发着臭味的身体。

阿伯说他如厕时看到地面有只书包,觉察出异常,回家拿了根竹竿,一捞,就捞到一个孩子。后来,在其他人的协助下,他们把常润从粪池里救上来。

阿伯将常润倒吊起来,胃里的秽物流出来,但人早已没了呼吸。

关于常润的死,乡里人众说纷纭。那些听闻过他家悲惨遭遇的人,猜测说他是被失踪的父亲"带"走的。他们听过河道淹死人,水塘淹死人,没想到公厕也能淹死人。但有人反驳,说常润自幼失去父亲,心智发育不健全,头脑里总是冒出各种奇怪念头。他们班上的同学也证实了这一情况,这才导致了悲剧的发生。

失事的公厕很快被填埋了,取而代之的,是一座垃圾回收站。后来,镇上陆陆续续修建了新式公厕,远远看去像间小房子,瓷砖外墙,每个蹲位都修得结结实实,镇上再也没有发生类似的事故了。

常润母亲在亲友的陪伴下,到派出所给常润注销了户口,随后又到学校注销了学籍。自从出事后,常润母亲的精神状态就一直不太正常。想到儿子不在了,她的心如同刀绞,哭个不停。她每天都愣愣地看着常润留下的书包默默垂泪。她不知道这一切是怎么发生的,丈夫不告而别,孩子也走了。她不知道活下去还有什么盼头。

整理遗物时,她在常润裤兜里找到那张皱巴巴的收据,上面依稀可以辨认出儿子的名字。

她想知道常润为什么去照相馆,意外发生之前,他到底经历了什么。

她决定去一趟照相馆。

老板正站在柜台边裁剪相片。常润母亲说明来意后,他满脸诧异,如坠梦中,直至认出了那张薄脆的收据。他很快就从柜台的箱子里,翻到一只白色纸袋。

常润母亲的手止不住地哆嗦。她将纸袋打开,看到一张放大数倍的脸,从里面露了出来。

蜂巢

1

　　事情要从一个梦说起。梦里，风声呼啸过耳畔，蒋元的身体失去重心，如同飞机上累赘的压舱物，被人从半空中往下抛。蒋元扯开嗓子呼号，风撕开了四肢和脸部的皮肤，外套鼓胀如船帆。再一晃，噗的一声，他发现自己的躯体和一团硬物撞到一起，背部塌陷下去。奇怪的是，他并没有感觉到疼。

　　他闻到一股刺鼻的气味，那是空气和衣物纤维摩擦后烧焦的味道。

　　蒋元睁开眼，看到自己置身井底，眼前除了微弱的光，什么也看不到。

　　这时，他撞见大学同学彭飞的脸，五官模糊，像是被黏稠的液体包裹住了，嘴角隐隐挂着笑。

　　蒋元惊醒过来，条件反射地朝墙壁重重击了过去。

　　他开了灯。拳头上有血丝，抬头一看，墙上也有，血迹像油墨将干未干，毫无章法。

这不是蒋元第一次做这样的梦。细节、声音、触感都如此清晰。之前他只当是工作压力太大所致，不过这次一点也不寻常，那种在黑暗中坠落的感觉太真切了。为什么会梦见彭飞呢？这是以前从未有过的事。

自从大学毕业，蒋元就再也没有见过他了，现在连他的长相也记不太起来。不然，为什么他梦见的是一张模糊的脸？他安慰自己，做梦罢了，也许是多年没见，消失的记忆闯进梦中来了。

他起床洗了把脸，取出红药水，涂在受伤的拳头上，待红药水干了，再贴上止血胶布。

刘珍和女儿到乡下探亲了，家中只剩他一人。他望着空荡荡的家，感到一阵强烈的孤独。

吃过早饭，蒋元又琢磨起那个梦，以往他只是梦见自己下坠，但这次添了新的内容——多年未见的老同学，像从树干上岔出来的枝节，直直地插进梦里。这事或许有什么蹊跷，蒋元说不出个究竟，这更让他感到烦扰。

从地铁口出来后，蒋元顺着人流往外走。

冬日的风吹在脸上像刀子，他站在十字路口张望，看到报业大厦前停了一辆吊臂车，正在拆除楼顶的招牌，长长的吊臂斜靠在建筑上。操控者坐在驾驶室内，露出半截白色头盔。蒋元抬眼，望见大厦顶楼有三个移动的身影，建筑玻璃窗折射的白光闪过来，晃得人睁不开眼。

蒋元用手遮住额头，快速穿过马路，一头钻进了报业大厦。

他手背上贴着的止血贴引起了同事的注意，他们问他是不是受伤了。

蒋元回答说，不小心摔倒，擦伤了。同事"哦"了一声，没再问什么。

蒋元放下背包，瘫坐到电脑椅上。

同事们各自忙开了，办公室里响起键盘敲动的声音。

蒋元努力回想昨夜的梦。他打开电脑，在浏览器上输入"彭飞"两个字——网页显示的搜索结果除了爵士小提琴演奏家彭飞和企业家彭飞，没一个是他要找的人。他往后翻了几页，仍旧一无所获。

蒋元不死心，拿出手机，将大学同学微信群里的成员挨个看了个遍，翻到最后，他靠在电脑椅上，像只瘪了气的皮球，怎么也集中不起精神来。

他起身走到办公室窗前，所站的位置，对着那台吊臂车。他观望了一阵，吊臂车在眼皮底下开走。几位作业的工人溜进一辆小货车，很快离开了。

蒋元看不到招牌拆除后大厦顶楼的情形，但确信无疑的是，现在这是一栋没有"名片"的建筑——虽说只要打开电子地图，查看街景，还是能够清楚地看到"××报业集团"六个猩红的宋体字。想到往后只能通过手机地图上虚幻的影像来确认这栋大厦的名字，蒋元不免一阵失落。

办公桌上的索尼摄像机和佳能单反引起了蒋元的注意。每次出采访任务，他都会将它们整理好，检查电池和镜头，再塞入背包。除了工作，他很少这样仔细地观察它们。现在这堆工具静静地躺在办公桌上，蒋元伸手摩挲着那台单反，他用的这台内置了网络传输，拍完照可以即时传到手机。这几年，手机、摄像机和单反，成了他工作的标配。他携带这些数码产品进进出出，和旧时进京赶考的秀才，或者乡野荷锄下田的农夫，并无多大的区别。

蒋元有一本褐色牛皮封面的工作簿，巴掌大小，用来记工作内容，作为备忘录。他喜欢笔墨和纸张带来的厚实感，而不大使用手机日历。他翻到空白的一页，用笔写下一个"梦"字。写完，又用繁体字抄了一遍。

怎么形容他的工作呢？多年养成的习惯，使他变成一个刻板而守时的人，他感到自己被框定在一个无形的外壳中。他在脑海中回放平时工作的场景：一般情形下，抵达活动现场后，他会用脚架将机器架稳，再调好设备。刚入这一行时，他还是个新手，做摄影记者，那时要挤在一堆同行当中，手持单反，跑前跑后找角度，直到拍出满意的相片为止。后来摄像机加入了，再后来网络直播兴起，单反和摄像机逐渐退居幕后。一台手机就够人忙活的了。

三年前采编部大换血，辞退了一批人。蒋元侥幸躲过了一劫。但自此以后，他的负荷比以往重了许多。有时一天连轴转，连着跑三场活动，连饭也吃不上。他主要负责活动的网络直播，简单说，这个工作有点像从前的电视直播，不过平台换在了网络上。这是一项耗费心力的工作：不同规格的现场，所需的设备也不一样，有时还得拉助手，准备不同的机位进行切换。直播过程，需要全神贯注。万一出差错，要及时掐断，换成事先准备好的空镜头。

以前基本上是采编完了再写文稿，中间有个时间差，不像现在什么都要求同步。活动结束，蒋元还要撰稿——有时是在咖啡馆，有时是在出差的飞机或高铁上——只有写成文字发出来，他的任务才算完成。以往几个人协作完成的活，现在全压在他身上。此外，他还会被人拉去应酬。一应酬，喝酒是少不了的。去年蒋元在杭州报道某个文化节，闭幕晚宴上喝了几杯红酒，隔天睡过头，把另一场更重要的直播耽误了。他因此被领导痛斥一顿："以后再误事，就收拾东西走人吧！"

现在想起那件事，蒋元心有余悸。

他对这份工作的态度是矛盾的。有时他觉得自己手握某种大权，从人民大会堂到独立书店，从大使馆到艺术园区——他在这些场所畅行无阻；有时他又觉得这些不过是幻觉。他看着那些熟悉的面孔在台上夸夸其谈，讲着重复的话，开着半咸不淡的玩笑，但背对读者时，又是另外一番样子。蒋元负责捕捉他们好的、规整的一面，而难堪的、凌乱的那一面，则永远留在了公众的视线之外。

蒋元常常想，文学啥时候这么热闹了？十来年前，写小说和写诗的人分散各地，文学活动没有现在这般频繁。有时他上午跑完颁奖礼，下午就在新书发布会上碰到同一张嘉宾的脸。他们说话的口吻和措辞，像是提前排练好的，发表的观点并没什么新鲜——有时嘉宾抛出上句，蒋元就能顺当地接上下句。连着出席活动，那位嘉宾收入囊中的酬劳就顶得过蒋元半个月的工资了。他们认识蒋元，但并不熟悉他。对他们而言，蒋元不过是这个圈子里"最熟悉的陌生人"。

同事拿蒋元开玩笑，说他是直播背后的男人。

蒋元自嘲，可不是嘛，说不定我也可以露面做个直播，说说那些"不得不说的秘密"，要是有人打赏，就更好了。

事实上，并没有人打赏。以前跑采访还有车马费（往往是装在信封里），但今时不同往日。除非主办方阔气，否则一分额外的钱也捞不到。

无比疲倦时，蒋元宁愿拿挣的钱换个清静的周末，陪女儿到公园放风筝，或者是给刘珍下厨做饭。可这些也只是奢望。人到中年，他早就没了年轻时的冲劲，他要养家糊口，要供女儿上各种各样的兴趣班，要交这样那样的补课费。想到这些，他觉得自己像被困在玻璃罐中的苍蝇，胡乱扇着翅膀，总也飞不出去。

蒋元大学读的是中文系，后来辗转从事了现在的工作。表面看着,他没离开文学,可实际上呢,他和文学越离越远了。他经常忙到没有时间读书,书架堆满了不少别人的赠书,大多是圈子里的人送的,要么就是出版社寄的。收到书,拍照,发朋友圈,接着翻几页,然后束之高阁(这几乎成了既定的模式,一种新的社交礼仪)。

刘珍看着那些积了灰的书,调侃他说:"你要是不看的话,别堆在那里浪费空间,打包卖了吧!"

蒋元摆摆手:"谁说我不看了,我这不忙着吗?"

刘珍说:"那好,都留给女儿吧,反正你也没什么能给她。"

一祭出女儿这把大旗,蒋元就没了脾气。他现在拼死拼活工作,还不是为了女儿。他经常和刘珍说,等女儿长大独立了,他俩就搬去乡下,诗书相伴,过太平日子。刘珍知道,这些话听一听也就算了。她在出版社当编辑,平时除了打点工作,还要照顾家里的饮食起居。她主要的工作是校稿,也没有闲余时间读书。蒋元有次问她,你喜欢这份工作吗?刘珍没话接。蒋元继续道,别说我刻薄,我觉得校稿就是对文字的戕害。

刘珍反驳说,编辑不就相当于文字的外科医生吗?

这时,蒋元从玻璃窗的反光中照见自己,圆圆的脑袋,身体敦实,鬓角冒出了些微白发,不过人看起来还是充满活力的。再过个七八年,他也就满五十了。五十岁到底是个什么概念?"年过半百",到时还能到处跑吗?

2

算起来，蒋元快有二十年没见过彭飞了。在他的记忆中，彭飞还是年轻人的模样，笑起来咧着一张大嘴。因为抽烟喝酒，牙齿已经泛黄了。他的身量高大，长得像根竹竿，喜欢穿的确良衬衫和喇叭裤。用彭飞的话来说，他老家是在"省尾国角"的潮汕。他说话带南澳的海岛口音，前鼻音和后鼻音分不清，一不小心会把"赚钱"念成"撞墙"，"上船"念成"上床"。

上大学那几年，蒋元嗜书如命，每个月家里拿的那点钱，几乎都被他用来买书了。钱花光了就吃泡面，窝在宿舍读《卡拉马佐夫兄弟》。那本旧书被他翻得不成样子。陀思妥耶夫斯基讲起故事来像个絮絮叨叨的话痨，可就是这样一股充斥在句子中大河般雄浑的劲头，叫他着迷。

蒋元那时经常和彭飞辩论，到底是托尔斯泰伟大，还是陀思妥耶夫斯基伟大？两人争论不休，最后谁也不退让，只好停歇，到校门口的烧烤摊吃东西打打牙祭。

那时港台文学流行，金庸、梁羽生的武侠，琼瑶的言情，席慕蓉的诗，还有亦舒、李碧华的小说……正版的、盗版的，成了他们大多数学生的枕边书。彭飞是系里出了名的怪人，大学期间挂了几门课，后来还肄业了。蒋元还记得，彭飞写过几本武侠小说，无缘出版，很快沦为地下读物。彭飞瞧不起当时流行的言情小说，对大家争相传颂的先锋文学也嗤之以鼻。

彭飞学习成绩一般，但颇有文才，是学校诗社的社长。蒋元和刘珍是在他主持的读诗会上相识的。

那天蒋元从图书馆出来，经过人工湖，看到湖边草坪立着一群人。他凑过去，看到身着格子衬衫的女生，拿着一叠打印的稿纸，用南方口音的普通话低声念道：

天是灰色的，
路是灰色的，
楼是灰色的，
雨是灰色的，
在一片死灰中，走过两个孩子，
一个鲜红，一个淡绿。

女生念诗时，脸上的神情透着微微的哀恸，她的声音，将湖面和空气染成了灰色。

蒋元看到湖面礁石上站着的彭飞。他高瘦的身子套在一件的确良衬衣里，拳头按在胸口，对大家说："接下来让我们为逝者默哀。"大家纷纷低下头。蒋元身处其间，感到不适，他的心思全落在了读诗的女生身上，女生的背影像块磁铁，牢牢地吸附住了他的目光。后来蒋元才得知，这群人聚到湖边，是为了纪念诗人顾城。女生念的是顾城的一首诗。不久前，诗人持一把斧子砍死了妻子，随后自缢身亡。

蒋元纳闷，纪念卧轨的海子可以理解，纪念一个杀人犯，怎么都叫人困惑。不过蒋元没有把他的困惑说出来。后来那个叫刘珍的女生成了他的女朋友，再后来他们结了婚，一起到了北方。

昨晚梦见彭飞之后，蒋元把大学时代细细地回想了一遍。

记忆中潮湿多雨的南方、宿舍楼、图书馆，还有那时躁动不安的心。蒋元在想象中折返回过去。如果那时候没有来到北方，他和刘珍的生活会怎样？刘珍也经常抱憾，当初要是留在深圳当个语文老师，或者干其他工作，现在腰包铁定鼓鼓的，没事可以到欧洲旅游（一定要是欧洲，美国不行），看教堂、泡温泉……她那些留在南方的同学，眼下过的就是她羡慕的生活。刘珍念叨着要去阿尔卑斯山。她年轻时喜欢读《魔山》，对托马斯·曼笔下的那座疗养院无比好奇。

蒋元揶揄道："你也不想想疗养院是什么地方。"

刘珍说："现在要是可以放下工作到疗养院终老，我看也不错。"

蒋元说："你没病没疼的，瞎说些什么？"

"那可说不准，这年头谁身上没点毛病？你觉得自己很健康吗？我跟你说，你瞧瞧那些作家，一个个抽烟喝酒的……"

蒋元觉得刘珍纯粹是借题发挥，每次刘珍说个不停，他就保持沉默，这次也不例外。想起这些，蒋元心里那摊湖水泛起了波澜。大学时彭飞对刘珍有意思，但刘珍不喜欢他。她之所以去参加那个追悼会，纯粹是出于对诗歌的热爱。追悼会过后，她始终和彭飞保持距离。彭飞知趣,再加上蒋元对刘珍穷追不舍,他很快就转移了目标。

接下来的时间,蒋元都在思忖这件事。他觉得,梦见彭飞必定预示着什么。这时,他想起了贾雯丽。他给贾雯丽发了条信息,约她下班后一起吃饭。贾雯丽是他和彭飞共同认识的人,说不定从她身上,能找到一些线索。

在餐厅等候时,蒋元想起过往的事。

大学时,他们系里有两个风云人物,一个是彭飞,另一个是贾雯丽。

贾雯丽长得有点像影视演员车晓,只是没有那么高,主持、演讲、唱歌样样在行,很多男生垂涎于她。蒋元和她都在学生会,彼此关系不错(因为这事,刘珍还吃过醋)。大学毕业后,贾雯丽是系里唯一出国留学的。到美国后,贾雯丽先是在一所大学读商业管理,后来嫁给一个医生,她亲切地称美国丈夫赖特为"我的 Mr.Right"。婚后,贾雯丽申请了哈佛大学的心理学专业,打算转去攻读博士学位。他们于是搬到波士顿开始新生活。她怀孕没多久,丈夫出车祸,颅脑大出血,抢救不过来,走了。贾雯丽深受刺激,腹中胎儿最终也没能保住。好些年过去,周边亲戚朋友都劝她再嫁,忙着张罗介绍对象,但没有人能说得动她。那次庆功宴上,贾雯丽喝多了,谈起这些过往,声音微微颤抖着。她说,赖特出事时,副驾搁着一束玫瑰和一瓶红酒。那天波士顿下了第一场雪,他从医院下班开车回来,准备庆祝两人结婚一周年,餐厅订好了,人却不在了……

贾雯丽忍着失去丈夫的痛,还是把博士读完了,回国后在北京一所高校任教。那次庆功宴,是为了庆祝贾雯丽荣升教授。当天贾雯丽喝了点酒,难免触景伤情,说起在美国的故事。她至今还戴着丈夫赖特送的婚戒。说完故事,她眼里噙着泪。在场的人都沉默了。

贾雯丽表面看上去风风光光,但丈夫去世,她心底像长了一个疮口,怎么也愈合不了。这时,蒋元看到贾雯丽了。她身着一件驼色长风衣,围着灰色羊绒围巾,手挽一只酒红色的包,正款款朝他走来。

老同学久未谋面,难免说些日常琐事、八卦闲谈。聊得正酣,蒋元开口道:"雯丽,我想和你说件事。"

贾雯丽说:"你看看我,都顾着闲聊了,有啥事你说吧。"

蒋元说:"也没什么,你是心理学专家,我想着找你聊一聊,或许有帮助。"

贾雯丽笑笑:"首先声明,我不是心理医生,我是做认知心理学研究的,和心理医生不是一回事。"

蒋元疑惑:"区别很大吗?"

贾雯丽答:"打个比方,它们的区别就像主刀医师和影像科医生,影像科医生给你照CT,告诉你身体哪里有肿块,但真正开刀的并不是他,简单说,我是负责照CT的人。"

蒋元于是将昨晚做的那个诡异的梦,一五一十陈述出来。

听到蒋元说自己落到井里撞见彭飞时,贾雯丽打断他:"我做过和你一模一样的梦。"

蒋元不敢相信:"你没开玩笑吧,你是说,我们做了同一个梦?"

贾雯丽的表情凝重起来:"我没骗你,昨晚我也梦到自己掉进井里了,喊了救命,没人搭理,醒来的时候,枕头是湿的。你说的那些细节,什么坠落啊、风声啊、撞击啊,我都体验过了。我问你,彭飞的脸是不是被什么给黏住了,看起来模模糊糊?"

蒋元张大了嘴巴:"你怎么知道的?"

贾雯丽压低了声音:"我梦见的彭飞就是这样。"此刻的她,看起来并不像个心理学专家,倒像是乡下的算命婆子,而蒋元恰好是那个走投无路的信众。

贾雯丽继续追问:"我再问你,你以前是不是有过坠井的经历?"

蒋元很是疑惑,他将自己经过的事,去过的地方,走马灯地过了一遍。突然,他说:"我想起来了,中文系毕业前集体出游,九七年夏天,在海边。"

3

沉睡的记忆被点燃了。蒋元说:"那次一共去了二十几个人,彭飞领头,你还记得吧?我们雇的大巴半路抛锚,一群男生下车去推,折腾到傍晚,才到达目的地。"

那天晚上，大家在海滩烧烤，围着篝火聊天、喝酒。从海岸望过去，可以看到对岸闪烁的灯火。彭飞给大家弹了首张雨生的《大海》。这首歌当年红遍大江南北，谁都会唱（只是谁也想不到，再过几个月，这名天才唱作人会英年早逝）。他们一群人跟着彭飞哼唱，歌声迎着海风，飘得很远。

刘珍挨着蒋元，不远处，贾雯丽挥着手在唱歌，篝火将他们所有人照得影影绰绰。

彭飞喝多了，唱得嗓子也哑了。他扯着哭腔，站在众人面前说，你们知道吗，张雨生这首歌，是唱给他溺死的妹妹听的……你们看到对岸的世界了吗，那就是溺死的妹妹。我爱世界，我爱这他妈的溺死的妹妹！

这话叫人听得摸不着头脑，好在大家都习惯了平时神神叨叨的彭飞，谁也没有在意他的话里藏着什么。

后来大家各自散开。蒋元和几个男生映着篝火的光，在沙滩上踢起了足球。

夏夜海边，风吹得脸上咸咸的，到了深夜，喝多了的躺倒在沙滩上，成对的跑到别处去亲热。

蒋元磕磕碰碰地讲述着。打捞一段久远的往事，比复述近在眼前的梦难多了。

蒋元说："我就是那天晚上，掉进那口窨井的。"

"窨井"，粤语也叫沙井。那片沙滩当时还未开发，或者即将架设线缆电路，又或者是修筑公路，总之，在那处荒僻的沙滩边缘，确确实实存在这么一口沙井。蒋元追那颗足球时，冲得太猛，完全没意识到那里有个陷阱，刹不住，顺势跌落了下去。

"幸好里头没有外露的钢筋水泥，我跌进去时崴了脚，吃了满嘴的沙。"

蒋元疼得哇哇大叫，刚要呼救，就撞见彭飞探着头，朝他喊，要他待着别动。沙井的直径大概一米宽，彭飞让蒋元靠着墙，他匍匐在沙井边缘，身体慢慢往下滑，很快就顺顺当当地落到了井底。蒋元的右脚踝崴了，使不上力气，彭飞托住他，让他骑到自己肩头往上爬。几个闻讯赶来的男生，搭把手把蒋元拉上来，救完了蒋元，再协力将彭飞拖出井口。

脱离危险后，几个人躺倒在沙地上，满头大汗，喘着粗气。

大家看到疼得嗷嗷叫的蒋元，都哈哈笑起来。

蒋元说："彭飞那晚确实救了我，但是很奇怪，隔天回去，我和他说谢谢，他板着脸，爱理不理的。他这个人比较奇怪，我是知道的。后来刘珍扶我上大巴，我向他打招呼，他只是'嗯'地点了点头。我看到他的眉骨擦伤了，有块瘀青，不过他看起来好像一脸不在乎……"

听到这里，贾雯丽抓起玻璃杯，咕噜咕噜喝了口水。

她问蒋元："你有没有想过，沙滩上那么多人，为什么正好是彭飞，为什么那么巧，他正好出现在井边？"

贾雯丽面带愠色，睁大了眼，看起来如同一头被激怒了的孔雀。

贾雯丽的话，把蒋元重新推到了遥远的过去。这个问题，他这么多年来从未认真地想过。那件事，看起来没有任何异样：他的落井和彭飞救他之间，横着一条牢不可破的逻辑链。确凿无疑的，他掉进去了，而救他的人正是彭飞。蒋元没受什么大伤，按照心理学的说法，也没有落下什么精神创伤，更何况脚踝伤好了，这事就慢慢地从记忆里淡去了。

贾雯丽说："不瞒你说，彭飞那时在追我——不过我从来没有理过他。那晚我喝了点酒，有点醉，走路轻飘飘的。大家散去后，彭飞叫住我。我当时没往心里去，这个人虽然怪，但他没有对我做过什么出格的事。我们在海滩走了一路，聊了些什么，记不清了。我大概记得的，就是他那天穿的衬衫太大了，风吹起来鼓鼓的，身上还有酒味。我们往沙滩外围走，走到火光照不到的地方，彭飞忽然停下来，握住我的手，把我往他身上抱过去，我一下子不知道怎么办，他用力按住我的后脑勺，嘴巴往我脸上凑，嘴里还叽里呱啦地说些胡话。"

贾雯丽讲的细碎片段，聚成磷火从黑暗里冒出来，闪闪烁烁，无从捕捉。那缥缈的磷火，由远及近，笼罩着她的唇角和眉眼。

蒋元发现，贾雯丽的声音和神情开始走样了。她对讲述这桩往事，开始有了某种执迷。

"后来呢？"蒋元问。

贾雯丽说："后来，我听见嘭的一声巨响，吓得我叫起来，彭飞也吓到了。趁着这个机会，我飞快地挣脱他，往海滩那边跑。回到帐篷的时候，几个女生看到我，问我怎么了。我只是哭，什么也说不出来。现在想想，那时候太年轻，真是傻，要是放在今日，铁定叫他吃官司！"

听到这里，蒋元倒吸了一口气，他忽然觉得，自己再次掉进了那口黑洞洞的沙井。

贾雯丽说："现在你知道了吧？不是意外，也没有巧合，彭飞当时就在那里。"

蒋元恍悟——因为他的落井，刚好给了贾雯丽跑开的机会，这就坏了彭飞的好事，惹恼了他，难怪他会那么冷漠。

贾雯丽说："为了搭救你，彭飞才没追过来，这才是事情的关键。"

蒋元将零碎的记忆拼凑到一起。几乎在一个时间点上，两件事同时发生了，而他这么多年来，一直被真相隔绝在一口沙井里。他陷入了长久的沉默。彭飞的形象，一下子颠倒了过来。一股看不见的力量将他从遥远的过去拽向现在，他看到彭飞分裂成了两半，一半在光明里，一半陷入黑暗中。他不知自己应该站在哪一边。这件往事充满巧合和戏剧性，将他团团围住。贾雯丽说得那么确凿，任何一个细节都不容置疑。

"出游回来后，他还继续纠缠我，我很怕，躲到隔壁宿舍住了几天。后来我实在受不了，就到保卫处报案了……现在想到这个人，我还是觉得很恶心。刚好当年有个奖学金可以申请，我一直想出去留学，因为一些原因拖了很久，发生这事之后，我才拿定主意。"

"所以说,彭飞没有拿到学位证,也和这事有关?"蒋元问。

贾雯丽说:"这我就不清楚了,他毕业没毕业,跟我没有半点关系。"

九七年夏天过后,蒋元没在南方停留,刘珍和他一起到了北方工作。结婚多年以后,他们才有了小孩。这期间,蒋元换过好几份工作,有一阵子还和别人合伙开书店。非典过后,他进了报社,一直做到现在。在北京这么久,蒋元免不了接待来访的亲友,他们以出差、培训和旅游等名义,踏足这座城市。奇怪的是,这些年里,从来没有人和他主动提起过彭飞。毕业以后彭飞何去何从,蒋元一无所知。他就像一块铅石,沉在了海底。

眼下这块铅石,又悄然浮出了水面。

4

两人分开时,贾雯丽说起另一件事:两年前,彭飞给她发了封邮件,大意是说他在筹拍一部电影,想委托贾雯丽帮他牵线,联系好莱坞的人,片子拍成后,他要到美国去参加影展。

"我没见过这么无耻的人,发生了那样的事,连句道歉也没有,我活该欠他的吗?"

蒋元说:"这样确实不好……"

"好莱坞又不是我家开的,我凭什么要帮他?"贾雯丽气呼呼地说。

"是啊,凭什么要帮他?"晚上在回去的地铁上,蒋元反复琢磨着这件事的来龙去脉。从他和彭飞的交往,到毕业出游,再到后来漫长细碎的人生经历。那么,彭飞为什么要帮我呢?贾雯丽将多年的秘密倾吐出来,心里倒是清净了些。但当蒋元看着她踩着高跟鞋远去时,心里既觉得宽慰,又感到疑惑。他觉得,彭飞的事肯定没有那么简单。

蒋元翻开本子,上面有贾雯丽抄下来的电子邮箱。

在摇晃的地铁里,他盯着那串邮箱地址,前缀是彭飞名字的拼音,外加"hero",最后是1973——彭飞出生的年份。"hero"引起了蒋元的注意,要么出于自恋,要么出于某种恶趣味,不然,彭飞怎么会将自己和"英雄"挂钩?他用手机邮箱,给那串地址发了封邮件,打了几行字,又悉数删去,最后只剩一句干巴巴的问候:

"彭飞,你好!好久不见,我是老同学蒋元,还记得我吗?"

邮件发送出去,立刻就收到一则自动回复的消息:"您发给我的信件已经收到。彭飞。"

这则回复令蒋元莫名地兴奋起来,好像彭飞隔空和他打了声招呼。

贾雯丽是在两年前收到彭飞的邮件。这至少证明,两年前彭飞还活跃着,还在筹拍他的电影。蒋元很想知道,彭飞什么时候开始对电影感兴趣的,那部电影,后来拍成了没有?

回到家,蒋元迫不及待地打开电脑,在浏览器上输入"彭飞""导演""电影"这样的关键词。遗憾的是,网页跳出来的搜索结果,跟上午一样,没有一条与彭飞有关。

蒋元纳闷不已,他走进卧室,从衣柜下方拉出一个储物箱,箱子装的都是些旧物:毕业证书、合照、记者证、信件、孩子的出生证、他和刘珍的结婚证,以及好多当年旅行留下的火车票和景区门票。这些物什随他离开南方,又随着生活的变迁,日渐添了新的,它们叠加在一起,勾画出年月流转的轨迹。

在储物箱的最底部,蒋元发现了一本同学录,封面是黑色的仿皮革,烫金的"同学录"三个字已经掉色了,里头的纸张发黄,墨水的印迹也模糊了。蒋元记得,当年毕业,他让好多人写留言,还互相留了电话号码和家庭住址。翻看这本同学录的时候,记忆像蓄满水的堤坝,即将溢出来。蒋元的目光,落在中间那一页。那是彭飞的签名。出乎意料的是,彭飞的字写得很工整,甚至可以说有点笨拙,一点也不像他张扬的性格。不过彭飞没有留下祝语,连日期也不写。最后,蒋元惊喜地发现,"电话"一栏,有串"0754"开头的固定电话,跟着的是一个简短的家庭住址。

蒋元立刻拿起手机,输入那串号码,打了过去。

他既紧张又兴奋,仿佛即将接通的,是消失已久的外星信号。

然而,电话是空号,蒋元又试了一遍,结果还是一样。

二十年了，大半个中国都在用智能手机，彭飞家的座机说不定早就注销了。

蒋元坐在地板上，看着那本摊开的同学录，陷入了沉思。也许号码并没有注销，而是改动了？他记得十年前，他老家的固定电话号码，从七位数升到八位数，说不定彭飞家的情况也是如此。

他上网查，照着网上的提示，在那串电话号码前多加了一个数字。

不出所料，电话接通了。

电话那头，传来一把衰老的声音。

蒋元说，您好，我找彭飞。

阿灰（飞）啊，阿灰（飞）不在。那把衰老的声音说。

阿飞不在？蒋元被对方半生不熟的普通话弄得不明所以。伯伯，我是彭飞同学。

电话那头传来一阵窸窸窣窣的响动，接着，是另一把声音。

这次，是个女人。

蒋元听见她用普通话说，我是彭飞妹妹，我哥他……他昨晚走了。

走了？什么意思？

女人泣不成声，蒋元还想追问，电话就挂断了，留下一串忙音。

蒋元得到了一个答案，这个答案叫他难过不已。他不敢相信自己的耳朵。放下手机后,他透过窗户,看到对面商场闪着霓虹灯,再远处是灰白的光柱。雾霾重了,他的心也被紧紧地锁在雾霾中。那种坠落的感觉又袭来了。蒋元笃定,他的梦和彭飞的死有关。或许彭飞在走向死亡的最后时刻,钻入了他的梦中。可是,好好的一个人,怎么说没就没了呢?蒋元想再打一次电话,但始终没有行动。他躺到床上,浑身乏力地盯着天花板的菱形吊灯,脑子空白一片。

过了没多久,手机振动了一下,蒋元拿起来,读到这样一条短信:

你好!我是彭飞的妹妹彭春蕊,刚才挂了电话,请你见谅。我哥生前没有几个朋友,你打电话过来找他,我们很感激,后天他出殡,不知道你能否来送一送他?

"出殡"两个字像巨石一样压在蒋元心头。去还是不去呢?人都已经走了,专程从北到南跑一趟,有没有这个必要呢?蒋元虽然被那个梦搅得心绪不宁,可得知了彭飞的死讯,有一瞬间,他反而觉得心理负担减轻了,压抑的心也稍稍得到了宽慰。然而,彭飞妹妹的请求还是让他有些犯难。他在短信上打了几句话,犹豫许久,又删掉了。

这一天过得太煎熬了,蒋元经历了很多事,大的小的,新的旧的,一件一件涌过来。直到凌晨两三点,蒋元才撑不住,睡了过去。

这一觉睡得并不安稳。半夜醒来后,他的心口发慌,像是有人在催促着他,追赶着他。

蒋元把那条短信反复读了几遍,短信的最下方,附有一个地址,他拿来和同学录上的作比对,发现两者是同一个。他的心像被针扎了,一阵一阵地发疼。如果没有送彭飞最后一程,这条路他一定走得很孤独。蒋元抓起手机,迅速回了短信。短信发送后,他发现自己的手在抖。他知道自己在做什么。他给报社领导发了微信请假,订了清晨的航班。行李收拾好后,他又给刘珍留言,说他接到任务,要飞去广东出差两天。至于此行真正的目的,他没有告诉刘珍。

5

蒋元在心里模拟了无数种和彭飞重逢的场景,眼下他即将面临的,是其中最无法接受的一种。他和彭飞这么多年没有见面,现在能想起来的,仍旧是彭飞鲜活的、明亮的形象。他无法想象,这样一个形象,顷刻间说没有就没有了,像海滩上被浪打湿的一粒沙子,淹没在无数的沙子之中,再也找不回来。

北京飞往揭阳的航班上,蒋元被芜杂的潮汕方言淹没了。那片他不熟悉的土地,还有那片土地上的人,从那些声音里流淌出来,给人一种活泛又陌生的感觉。这是常年处在京腔京调中的他不曾体会过的。这一趟远行对蒋元来说如此不同。以往的每次出行，总有那么多人要见，那么多的任务要完成。然而这一趟不同以往。可以说，这是蒋元人生中最为奇特的经历：他要去看一个"死人"，更确切地说，是去见一个刚刚死去不久的人。蒋元想知道，这些年里彭飞到底经历了什么，为什么他的生命会在这个年龄段戛然而止。他知道生命无法互相替代，但至少，他可以试着去理解。

三个小时的飞行结束，蒋元顺利抵达了那片遥远的平原。

下了飞机，他背着包穿过航站楼，到了停车场。

几位黑车司机围拢过来，他们操着不熟练的普通话问蒋元去哪里。

蒋元说："南澳。"

这时有个皮肤黝黑的小伙子凑过来。"大哥，坐我的车吧，我就是南澳的，价钱好谈！"说着他拉过蒋元往边上走，蒋元没迟疑，跟着上了他的车。身后有人骂骂咧咧。小伙子朝地上吐了口痰说："不用理那些傻逼。"

蒋元把手机上存的地址拿给他看。他瞄了一眼说："这个地方我知道，我外婆家就在那里。"

蒋元问："你认识一个叫彭飞的人吗？"

"彭飞？哪一个彭飞？"

"我的老同学，你们南澳岛的。"

"哦，不认识，说不定我爸知道这个人。"

蒋元听完，失望地"哦"了一声。也许彭飞在他们这里，不过是籍籍无名的一个人。如果像贾雯丽透露的那样，彭飞在筹拍电影，不管拍没拍成，多多少少还是会有人知道。不过他想，年轻的司机不认识彭飞，再正常不过了，有什么好失落的呢？很快他就能见到彭飞的家人，见到彭飞的遗容，很快他就会知道彭飞这些年经过的事、走过的路。他甚至抱着一丝侥幸心理，要是条件允许，他可以借助在这里的短暂时间，收集一些素材，为彭飞做个专题报道，记录一个海岛艺术工作者也许不那么灿烂的人生。

蒋元靠在车座上，看着窗外湛蓝的天和快速倒退的树影。

驰过蜿蜒蛇形的大桥后，出租车开进一段沿海公路。

蒋元把车窗摇下来一道缝隙，冷冷的海风呼呼地吹进来。他闻到一股若有似无的咸咸的海水味。他的左手边是几栋海滨酒店，紧挨着的有餐厅、大排档和小吃店，蒋元甚至看到了晾晒在地上的鱼干，而右手边，是水泥铺就的步行栈道，栈道中段有座气派的公厕，光洁的外墙瓷砖在日照下反着光。栈道往下是一片沙滩，再远处是冬天阳光下广阔无垠的海。

司机小伙把车停在关帝庙门口，指着一条巷子告诉蒋元，你从那里进去就是了。

那条巷子看起来最多只能容两个人同时经过。蒋元半信半疑，不过他还是付了车费，提着背包下车了。

挨着巷口的关帝庙，歇顶飞檐，绿色琉璃瓦配着金色雕塑，在日光下熠熠生辉。关帝庙门口，是块水泥空地，空地上耸立着一人多高的香炉，靠右边一侧，竖立着一支旗杆。

蒋元的目光没有多作停留，他径自朝巷子走去。两边的墙铺着粗粝的石子，走了几步，他看到一户人家门口坐了几个人。确切来说，那些人是搬着塑料凳子坐在巷道里。他们在抽烟，蒋元心想，这就是彭飞的家了。

为首的一个中年汉子叼着烟，上下打量蒋元，问他找谁。

蒋元自我介绍说，他是彭飞大学的同学。在座的人，谁也没听过蒋元。蒋元补充道，我和彭春蕊联系过了。

中年汉子站起来，操着半生不熟的普通话说，你跟我来吧。说着就领蒋元进了左侧的门。这是个狭长的小院子，地上搁了一只熏得黑乎乎的铁桶，里面全是烧完的冥纸。右侧是紧邻的两道门，楼有二层，挤挤挨挨的，给人一种压迫感。蒋元没想到，彭飞的家是这样的。中年汉子打过招呼，很快，一个三十几岁的女人从屋子里出来了。

蒋元一眼就认出彭春蕊了。从她脸上，他仿佛看到了年轻时的彭飞，他们有着一样高高瘦瘦的身子，不过彭春蕊的皮肤要白一些。打过招呼后，彭春蕊说，你稍等一下。

透过门望进去，蒋元看到满屋子的人。彭飞的弟弟和蒋元握手，给他派了一支烟。蒋元顺手接过来，他不抽烟，又不好意思拒绝，只好将它攥在手心。

彭春蕊领着父母走出来，老人家不会讲普通话，彭春蕊当翻译，介绍说，这是大哥的大学同学，专门从北京过来的。彭飞的母亲一脸感激地点头致意。她身段矮小，理着齐耳短发，别一只银灰色的发夹，整个身体裹在厚实的棉衣里，看起来圆圆的。彭飞的父亲背部佝偻，穿着件厚毛衣，耳郭夹一支烟。他和蒋元握手，说了几句话，大意是感谢他来，彭飞有这样情谊深重的同学，是他的福气。老人家身体不大好，说几句话，就咳嗽一阵。

蒋元注意到，彭飞母亲的双眼肿得像核桃，悲恸在她的脸上久久地驻留着。蒋元杵在那里，不知该如何应对眼下的场景。其他人都散在隔壁的屋子里，男女老少，抽烟的抽烟，喝茶的喝茶，说着蒋元听不懂的话，没有人对这个迟来的吊唁者感兴趣。

彭春蕊担起了招待蒋元的任务。她穿了件深蓝色的羽绒服，脸颊上有褐斑，说话时右边眼睛眨得比常人要快。她说，我哥走得太突然了，我们谁也没有预料，还让你大老远跑一趟……

蒋元安慰她，节哀顺变。余下的话，他也不知道该怎么说。

他把事先准备好的钱（搁在一个信封里）从包里取出来，递给彭春蕊。

彭春蕊诧异道："大哥你有心了，这钱我们不能收。"

蒋元说："收下吧，这是我的一点心意。"

僵持了一阵，蒋元只好将信封塞到彭春蕊手中。

彭春蕊领着蒋元进家门，跨过那道低矮的门槛，蒋元的四肢不由自主地紧绷起来。

遗体停在客厅，两条长椅一头一尾排开，上面搁了一副冰棺，一块宽大的白布覆盖着，白布下，躺着的就是彭飞了。靠近脚的地方，点了一盏煤油灯。八仙桌上靠墙，设了牌位和香案。蒋元闻到一股潮湿的气味，他没有再往前，愣在原地，目光落在了彭飞的遗像上。

蒋元一眼就认出了曾经的彭飞，时间把他的五官塑成了现在的样子，脸型宽而长，眉角的皱纹很深，眼底藏着深邃的东西。蒋元猜想，遗像或许是由彭飞的证件照放大洗出来的，他能分辨出，彭飞对着镜头时，将微微偏斜的目光正了过来。

蒋元给彭飞上香，鞠躬。他有种感觉，在这个铺着红地砖的狭窄客厅里，存在着三个彭飞，一个留存在过去，一个此刻躺在殓板上，还有一个躲进相框，俯瞰着他们。

彭春蕊说，庵堂做法事的师傅来过了，明天殡仪馆的车一到，就送去火化。

蒋元住进了彭春蕊夫妻俩开的家庭旅馆。彭春蕊说，前几年家乡通了大桥，外地游客涌进来，她想着以后岛上旅游业会更旺，就劝说丈夫从外地回来，租了套海边的农民房，装修了几个房间，对外出租。

蒋元问，生意好吗？

彭春蕊说："夏天游客多些，冬天人就少了，我老公开车兼导游，反正日子能过。"

蒋元点了点头。

彭春蕊将钥匙交给蒋元，吩咐几句，转身要下楼时，蒋元鼓足勇气，喊住了她。

彭春蕊问，大哥，还有什么事吗？

蒋元说，我想知道，你哥到底怎么走的？

彭春蕊立在楼梯口，看了蒋元一眼，又把目光收回。

过了半晌，她说，我哥是犯病的时候走的。

蒋元一脸的疑惑，你哥他……得了什么病？

彭春蕊的眼眶红红的，嘴唇微微抖动着。

"我哥病了好多年，时好时坏，我们送他去医院看精神科，可是他坚持说自己没病，我爸妈不愿送他住院，家里经济支持不了。我嫂子和他过不下去，带着孩子走了。朋友都躲着他，他在这里没什么认识的人，所以你能来送他，我们真的很感激。前年他一直说要拍电影，跟县里的宣传部申请了一笔资金，拉了些人，在岛上跑来跑去，电影没拍完，欠了一身债。大家都当他傻，那些说了要帮他的人，什么文化局、宣传部、作协，最后关头全跑了。谁也没想到，前晚他发病，半夜跑去后山的蜂园里，把自己拴在龙眼树上……养蜂佬半夜起来撒尿，发现他脖子上拴着绳子，整个人把蜂巢压垮了，头上、身上全是蜂蜜，身体已经发硬了。"

说起这些，彭春蕊直掉泪。她抬起手，擦了擦眼。

蒋元的心往下沉，他忙不迭地说"对不起"。

彭春蕊说："他走了也好，走了就不用再受罪。本来我们想送到祠堂再做法事的，乡里老人不让，说他是自杀的，见不得祖宗。"

蒋元的眼前浮现出彭飞最后的身影，他活得那么痛苦，做出这个决定，一定挣扎了很久。

彭春蕊说："你大老远来一趟也不容易，先休息吧，楼下有餐厅，你饿了先垫肚子，晚上到我家吃饭吧。"

6

彭春蕊走后，蒋元躺在床上，身体乏累，意识却是清醒的，他看见彭飞扛着摄像机在海边，倒退着走，他的对面，是几个渔民，彭飞喊着"好，就这样！"——很快那些人不见了，只有彭飞高瘦的身影背对青山，声音混入了哗哗的海浪中。

外面天黑了。蒋元拨开窗帘，看到远处的渔火星星点点，近处的海滩，被路灯照亮了。楼下的街道，响起了喧闹的人声。海岛的夜晚降临了。

蒋元去了彭飞家吃饭，院子里摆了两桌，来的多是白天见到的那些人。

彭春蕊和两个帮忙的亲戚，煮了两大锅海鲜粥。蒋元饿了大半天，连着吃了三大碗。椅子有限，有的坐着，有的端着碗站到巷道里吃。

盛饭时,蒋元瞥到客厅盖着白布的遗体。那种感觉很奇怪,好像彭飞只是暂时睡着了。屋内屋外,两个世界,一个冷清,一个热闹。

蒋元很想掀开白布,看一看彭飞。

他搁下筷子,到巷子里站着,天上有星星,斑斑点点,他多年没看见这么澄澈的星空了。彭春蕊领着孩子和蒋元打招呼,是个男孩,个头不高。她说,以后长大了就去北京读书,向叔叔学习。孩子向蒋元问好,蒋元摸摸他的头。

彭春蕊说:"我哥要是像你一样留在外边,多好啊!"

蒋元说:"留在外边也好,回来也好,都不容易。我和你哥自从大学毕业,就没有见过彼此了。昨天我和朋友谈起他,想起来很久没有联系,就打了那通电话,没想到会听到这样的消息。"

彭春蕊说:"我哥这么多年都没干成一件正事,他回来县里,在文化局上了半年班就辞职不干了,后来还开过广告公司,没赚到钱,最穷的时候,只能帮人写写县志。有一年他做盗版书,被出版社告了,蹲了三年才出来……唉,你说他为什么就不能安安稳稳地过日子呢?"

蒋元陷入沉思,他问彭春蕊,你知道你哥拍电影的资料存在哪里吗?

听到"电影",彭春蕊有些不安。

她说:"我帮你找找吧,如果你觉得有用,就帮我们保存着。"

说完,她领着蒋元进屋。穿过右边的侧门,上了一截坡度陡直的木梯,就看到楼上的阁楼。阁楼很小,靠北面墙是张老式睡床,和楼梯扶手平行着,有张红木书桌,书桌旁的书架上塞满了书。蒋元感到恍惚,仿佛进入了彭飞大学时候的生活。阁楼还残留着彭飞的气息,烟灰缸还在,书桌上散落一沓稿纸,台式电脑看起来用了很多年,键盘满是污垢,上了红漆的靠背椅上有块灰色坐垫。这间卧室,哪像成了家的人住的地方呢?

彭春蕊说,他成天躲在这里,敲着键盘、抽烟,有时还大声读些奇奇怪怪的句子,饿了也不下楼吃,都是我妈送饭上来的。你说一个四十几岁的人,为什么要把生活过成这样?

面对彭春蕊的追问,蒋元没法回答。

他身处这间凌乱、逼仄的阁楼,感到自己被抛进了一片虚无。

他拉开电脑椅,坐了下来。

彭春蕊说,都在电脑里,你看看吧,我不打扰了。说完,她扶着楼梯扶手,啪嗒啪嗒下楼了。

蒋元打开电脑,在硬盘里找到了名为"电影"的文件夹,里面都是些编了号码的视频,只有一个,标题是"蜂巢",在一片凌乱中显得突兀。蒋元将光标移了过去。这样的行为虽然经过允许,可蒋元觉得,他是在窥探彭飞的秘密,在翻找他不为人知的生活。人一旦离世,就彻底丧失了对生活的管辖权。想到这句话的时候,他的手已经点开了视频。

与其说那是电影,不如说是一段未剪辑完好的短片。压在重物之下的暗面，朝他露出了真正的底子。短片里都是些破碎的影像和杂乱的声响：晨间的渔港码头，跳跃的海鱼、虾蛄，市场上挑担子的人，麻将桌上洗牌的手，海滩上遗落的半只拖鞋，被海水冲上岸的塑料饭盒，渔船，拖网，巷子里追逐的孩童，深夜街头醉酒的人，楼顶的太阳能热水器，冒着烟的粿条摊，缺了一块的招牌。然后是影子，各种各样的影子，高矮胖瘦，变动的，飘忽的，被碾碎的脚印。最后的影像落在了一片龙眼树林，镜头忽高忽低，没有对好焦，快速晃动。斑驳的树皮上，离地面半尺高的地方散落着几只蜂箱，蜂群飞舞，镜头对过去，一只手拉开了蜂箱的盖子，露出里面的蜂巢，黏稠的蜂蜜附着其上，蜜蜂嘤嘤地叫着，密密匝匝地堆在一起。镜头的远处，老人手持木棍跑过来，接着是"啊啊啊啊——"的喊叫声。老人在驱赶彭飞。蒋元听不懂他们的对话。最后的画面终止在一阵剧烈的晃动中。

蒋元想起彭飞死时的样子，也许不像彭春蕊说的，他真的想要自杀，只不过是用自己的死亡，完成一项行为艺术？可是，为什么要将自己拴到龙眼树上呢？又或者，他只是借用这些来制造自己死亡的"假象"，而真正的目的是在别处？

想到这里，蒋元浑身的汗毛都竖了起来。

他带着疑惑回到了住处。这一晚，他几乎没有睡。他觉得彭飞并没有真正离去，他可能就躲在某个看不见的角落，默默地注视着一切。

隔天一早，殡仪馆的车将彭飞的遗体运走了。蒋元没有跟过去，他站在村口，望着殡仪车后面送行的人。空气清冷，海浪一声声地拍打着堤岸，更远的地方，海天一色，船影淡薄。

蒋元举起相机，远远地记录着这最后的时刻。

殡仪车开上了大路，很快转上了大桥，消失在视线中。

和彭春蕊道别后，蒋元叫了辆出租车前往机场。

回北京的航班上，他透过舷窗，看着下方越来越小的村镇和纵横交错的道路，陷入了沉思。他知道自己再也不会回来了，他即将归附那个生活了多年的城市，继续埋头工作，照顾妻儿。他不愿意跟任何人说起彭飞的死讯，包括贾雯丽。他想让彭飞连同他拍摄的那些影像，成为一个秘密的回忆。往后很多年，这趟旅程成了他生命的一部分，他会一再地想起彭飞，想起他最后脸朝下趴在蜂巢上的姿势。彭飞生前一定对蜜蜂产生了浓厚的兴趣，不然他不会将镜头对准那些细密的生灵，最后连生命也献祭出去。视频中那些凌乱跳跃的片段，蒋元越看越喜欢，他也越来越相信，那是彭飞留给世界的最真实的幻影。

金蝉

1

　　近几年冬天，刘堃都是在北京度过的，今年也不例外。

　　我猫在书桌前写材料，刘玫的电话不早不晚，在这时候打了进来。母亲在厨房张罗晚饭，我抓起手机跑到阳台。刘玫问我，忙啥呢你？电话那头传来嘈杂的说话声，间或有人高喊着"喝喝喝"。如果没料错，刘玫一定是在酒席间隙跑出来打电话的，兴许此刻就站在某个大排档或者酒楼的角落，望着大堂的食客觥筹交错。我按住手机，仿佛闻到了刘玫嘴里呼出的酒气。

　　我说，没什么，写申请材料呢。刘玫说，还没中？我说，是啊，不好申。刘玫说，不是我说你啊，你看看别人都当教授了，你就不晓得取个经？——这么多年了，她说话的口吻还是一如既往地令我厌烦。我似乎又看到她翻了翻白眼，脸上挂着不屑。我说，我的事不用你操心。

　　刘玫说，好，我不操心这个，打给你是想说说刘堃的事。

　　我不耐烦道，有话快说，还要忙呢。

刘玫说,我长话短说啊,刘堃不想上补习班,我工作太忙没时间管他。我"嗯"了一声。刘玫补充道,我就一件事,他去北京,你给他找个老师补习英语,快小升初了,英语成绩烂得一塌糊涂,我是拿他没辙了。钱我会补给你的。

我还来不及消化这个消息,就听到电话那头她不知对谁说了句"来了来了"。接着,电话挂断了,毫无征兆。

母亲握着锅铲从厨房出来,警惕地盯了我一眼,是不是刘玫?我点了点头。母亲问,她又找你做什么?我说,没什么,阿堃要过来了。

母亲和刘堃已经好几年没见过面,这几天总是碎碎念,问我阿堃什么时候来。听到这个消息,老人家连日来脸上的愁云终于散去。她满意地点点头,返回厨房继续忙活了。

我站在阳台上抽烟,望着窗外逐渐暗下去的天,满腹心事。

离婚后,儿子跟着刘玫去了秦皇岛。刘玫在当地派出所办手续,把儿子的姓氏也改了。以前刘堃跟我姓,现在彻彻底底成为刘玫的归属物了。那段时间我每天都过得很苦,里里外外被剥了一层皮,时常半夜惊醒,眼前尽是和刘玫争吵的画面:儿子在哭,小脸上皱皱的,缀满了泪,我坐在沙发上喘着粗气,刘玫尖厉的声音冰碴子一样刺过来。她把家里凡是举得起的东西,全高高抬起,再一件件摔到地上。我冲过去一把掐住她的喉咙,抽出另一只手,狠狠掴了她一巴掌。她捂住发红的那半边脸,止不住地咳嗽,喉咙继续发出更加尖厉的喊叫。我厌倦了日复一日的争吵，仿佛我们的身上长出了尖刺，无法靠近对方，只好保持距离。后来我就搬到办公室待着，从网上买来一张折叠床，在那里过夜。

给儿子过完六岁生日后，我们俩到民政局办了离婚手续。

转眼，刘堃就快小学毕业了，身体拔高，见识日长。我一闭上眼，就能看到他仰着小脑袋问我宇宙是什么，那里有什么东西，人能不能飞到太空。但眼睛一睁开，却只看到他耷拉着脑袋，眼神里早没了原来的那种灵性。我不知道这几年他经历了什么。我怀疑他可能在学校被人霸凌了，或者就像我根本不愿面对的那样，我和刘玫的离异对他幼小的心灵造成不可逆的创伤。我们父子俩一年之内相处的时间少而又少。去年冬天他到北京，白天除了吃饭，其余时间都把自己关在房间，也不爱和我说话。我担心他是不是患了自闭症，趴在门上偷听他和同学聊电话，谈到游戏时，他语速极快，一点也不像自闭症该有的样子。我很懊恼，当初为什么不努努力把刘堃留下来？

烟抽完了，刘玫的声音又在我耳边响起。依她的脾性，不到万不得已，她不会把问题抛给我。她完全有能力替刘堃请个辅导老师或者外教。把儿子送到北京几天，或许是个不错的选择，她能借此喘口气，暂时从养育孩子的重负下解脱。这么多年了，我错过了刘堃成长的关键期，我已经不是一个称职的父亲了。想到要接过这只烫手山芋，我的头皮一阵发麻。

家里暖气很足，整间屋子温热得很，返回书房时我感到舌头发燥,喉咙烫得像是要烧起来。

2

母亲说她想和我一起去接阿堃。我说天气太冷,你在家里等着就行。母亲低头扒了几口饭,眼神里闪过一阵失落。我理解她迫切想见到刘堃的心情,便改口道,这样吧,你今晚早点睡,明天我跟你一起打车去高铁站。

吃完饭,母亲收拾碗筷进厨房,碗洗到中途,又满手泡沫地走出来问我,阿堃来了睡哪里?

我说,他睡书房,你睡卧室。母亲问,那你呢?我转过头,指着客厅沙发。母亲说,我睡沙发吧,房间给阿堃睡。我说,怎么能让你睡沙发,你腰椎受不了的。母亲知道多说无益,皱皱眉,回厨房继续洗刷碗筷了。

我听着厨房里丁零当啷一阵响,感到一阵心烦。

我抽了支烟,开始收拾书房,到浴室装了一桶水,拿块抹布,将书桌和床架擦了一遍,归置了一些杂物,铺上新床单。我住的这间房子是学校的教职工宿舍,两室一厅,属于二十世纪八十年代建的小洋楼。刘玫和孩子走后,我把闲置房间辟作书房,找了个木工师傅打制两台实木书架,睡床挪到靠窗那面墙的位置,书架对过放书桌和靠背椅,做成读书写字的工作台。刘堃小时候玩的那些积木、玩具车和模型,装进纸箱,堆到书房角落。

时日久远，纸箱蜡黄，再也没有打开过。

母亲拿了拖把走进来，书房本来就很小，她手握拖把杵在那里，空间缩得更小了。我说，我能自己搞定，你不能老老实实坐着吗？被我这么一说，母亲脸色沉下来，拎着拖把，一言不发走出去了。

我望着她的背影，她走动时肩膀一耸一耸的，拖把在地板上划出长长一道水印。

收拾完书房，我靠在沙发上看电视。母亲踩着拖鞋，在我眼前走来走去。

她穿了件睡衣，背有点弓着。因为年轻时挑重担干活，她的脖颈靠近肩膀的位置隆起了肿块，像个小山包。我和刘玫结婚那年是在乡里祠堂摆的酒席，二十几桌，热热闹闹的。那时父亲尚在世，二老为了筹备婚礼，忙里忙外的。面对亲戚朋友的祝福，两位老人笑得合不拢嘴。隔年儿子出生，父母更是高兴。他们盼我给家族续添香火已经多年（大哥育有一女，没有儿子）。结婚后我没有那么快想要孩子，当刘玫告诉我她怀孕的时候，我并没有表现出预想中的惊喜，而是反问"真的假的"。刘玫气坏了，指着我鼻子骂，你是不是疯了，这种事我骗你还不成？我只好傻笑。

儿子的到来，使我们夫妻俩度过了一段窘迫的时日。预产期快到了，刘玫想请个月嫂，我那时刚入职没多久，经济状况不好，一开始没有答应。刘玫说，算了，不请了，让我妈来吧。

我思索良久，否定了这个提议。丈母娘退休前在秦皇岛的食用油厂上班，退休后闲着没事，成日打麻将，烟不离手，是个说话粗嗓门，脾气火爆的老人。对她能否尽心给刘玫伺候月子，我很是担忧。

我说我妈帮大哥带过女儿，这方面她更有经验。

刘玫不喜欢我母亲，我是知道的，但她也知道自己母亲不靠谱，经我劝说，也勉强同意了。

母亲那年第一次来北京，因为水土不服，得了急性肠胃炎，上吐下泻。我带她去看医生，输了液，开了一堆药回来。那时刘玫和孩子刚从医院回到家里。在带孩子这件事上，刘玫手忙脚乱，母亲生病了指望不上，我也无从帮忙。孩子哭哭啼啼，刘玫怎么哄也不管用，孩子哭，她只能跟着抹眼泪。这事成了我们婚后矛盾的开始。后来我推断，刘玫那阵子怕是患了产后抑郁症。她常常抱着孩子坐在床头，边哭边喃喃自语。儿子头顶毛发稀稀疏疏，看起来像只光秃秃的小鸡。我用铁丝将阳台的推拉窗绞起来，以防她寻短见。

母亲身体恢复了，刘玫和她却经常因为一些小事而争吵。那天母亲买菜去了，看到我在忙活，刘玫发出冷笑。我说，我也是没办法。刘玫说，我当初怎么和你说的，你偏不听。说到这里，她狠狠刮了我一眼，别忘了你最困难的时候，谁帮你熬过去的？我说，我是为了你好。刘玫说，为了我好，就请你劝你妈回去，不要在这里碍手碍脚的。

那时书桌上还摆着一张我和刘玫的合照，我身穿博士毕业服，刘玫依偎着我的肩膀，脸上挂满幸福的笑容。我们是经朋友介绍认识的，当时她在秦皇岛一家房地产公司上班，她的任务，是负责给买房的客户介绍楼层设计、实用面积和公摊面积，讲解首付和后续按揭的各项细则。有时还要来回在不同的楼盘间奔忙，一天下来，腰酸背痛，后脚跟被高跟鞋磨出血，脚底起水泡，辛苦得很。我忙于学业，拿着学校微薄的一点补助，难以自保，也没什么时间去看她。她一有空就坐车来北京，给我带水果和补品。学校有规定，外人不能留宿，我们只好到外面宾馆开间房，凑合着睡一晚。隔天清早，刘玫收拾行装，赶最早一班火车离开。

我怎么也没想到，这段婚姻坚持不到七年，中途抛锚了。得知孙子判给刘玫时，母亲差点撞死在祖屋那架老式的红木眠床上。我大哥说，那天她骂刘玫，说她一早看出刘玫不是好东西，外省女人没良心，怎么能连孩子也抢走呢！接着她开始咒天骂地，说我愧对祖宗，愧对死去的父亲。养个儿子，不如养条狗。

我们离婚的事对母亲打击很大。乡下四邻八里，人多口杂，舆论环境相当恶劣。母亲羞愧难当，在外人面前抬不起头来。出了这档"丑闻"，她连外出活动的频率也减少了。

后来，经我大哥他们反复劝说，母亲才想明白，知道年轻人分分合合再正常不过，于是四处给我说媒，把远近符合她对未来新媳妇想象的适龄女青年挨个寻遍。前年我回家过年，她把相中的姑娘领到家里来。我全程没什么好脸色,对方喝了几杯茶,知趣地告退了。母亲又气又恼,骂我没用,儿子让人抢走了,以后谁给你送终?我冲着她喊,我的事你莫管,先考虑谁给你送终!

上周母亲决定到北京陪我过年。这是她第二次来北京。一进家门,她就背着手,像个巡视员,从客厅走到阳台,又踱步到房间。这里翻翻,那里捡捡。我给她倒杯水,吩咐她休息。她捧着水杯说,家里还是要有个女人才好,没女人不成事。我截住她的话头,我的事自己安排。她抬起满是皱纹的脸,有安排了?我不耐烦,安排了安排了。她便抛出一连串的问题,问我对方是谁,年龄多大,做什么工作,离过婚吗。我支支吾吾,答不上来。

前天上午,母亲瞒着我跑到陶然亭相亲角去了。出门前,她托门房保安写了块牌子,将我的信息和相亲要求写上去。我难以想象,母亲如何一路从圆明园地铁站辗转去到陶然亭。要知道,她普通话说得磕磕巴巴,字也不识几个,出了学校,等于路痴。我急燎燎地赶到陶然亭公园去找她,见她正举着牌,和一个老大娘鸡同鸭讲地瞎比画。我冲过去,二话不说拉着她离开。

现在,她终于停止走动,在饭桌旁的椅子坐下了。她拿了瓶风油精,倒了点在指尖,反复地擦拭太阳穴。我嘱咐她说,见了刘堃,不要问这问那的,少说几句话。母亲问我为什么。

我说，孩子现在处在叛逆期，我们最好别惹他。

母亲撇撇嘴，叛逆期就不能说话了？

我说，你不懂。

她不说话，叹了口气，我望见她眼底有什么东西黯淡下去了。

3

晚上八点多，手机在桌上振个不停。来电话的是我的朋友康明。他约我出去吃夜宵。我很意外，什么风把你吹来了？康明说，研讨会啊，刚安顿好呢。我有点犯难，以我对康明的了解，他难得来北京一趟，势必要喝到三更半夜。我告诉他明早要去北京南站接儿子。康明说，不怕，咱悠着点，不误你事。我问他在北京待多久。康明说，主办方安排两晚住宿，明天研讨会完了，再作打算。我"哦"了声。康明说，别磨蹭了，快过来，兄弟们想你啦。康明口中的"兄弟们"不外乎施然和潘东海。十多年前我赴京读书，他们几个正在文坛活跃着。我那时写点批评，几番来往，成了朋友。康明比我大几岁，是我最早认识的小说家之一；施然写诗和小说，这阵子在一所大学当驻校诗人；潘东海在北京一家出版社工作，康明新出的小说集，他是责编。我想起上个月潘东海寄来的小说集，当时我忙于上课，小说集收到，翻了一篇，就搁下了。

这几年大家各自忙着，疏于交流。文学圈起起落落，年纪稍大的人逐渐力不从心（毕竟后头还有更年轻的一批人追赶着），没想到康明还在默默耕耘，每隔几年就有新作问世。前年他拿了个颇有分量的文学奖，自此，大家对他的期待更高了，都盼他什么时候能捧出一部长篇巨著来。这次，他的小说集广受赞誉，国内各大小网站和媒体出现了不少报道，听说有几家学术期刊还要发他的评论专辑。

我被康明的热情感染了。我说正好借这个机会，出去叙叙旧，解解闷。

出门前，母亲叮嘱我，酒不要喝太多，早点回来。

我"啊"了一声，把门带上了。

夜宵地点是在我们常去的那家东北烧烤店，距离我的住所挺远，打车过去要四十来分钟。烧烤店盘踞在路边一个僻静角落，门面简陋，但内里大有乾坤，做的烧烤地道，有包厢，适合喝酒谈话。我推门而进时，康明、施然和潘东海逐个过来拥抱。康明在我脸上亲了一口，弄得我脸上沾了唾沫。大家见状，哈哈笑起来。我一时间竟有些不适应。席上除了他们仨，还有朱荻。她坐在靠窗的位子上，指间夹着烟，朝我点点头，算是打过招呼。

偌大一张圆桌，留给我的位子正好靠着朱荻。我挨着她落座，一时间有些恍惚，我有多久没见到朱荻了？现在她留着半长头发，耳垂上挂着的坠子长长的，灯光一照，熠熠发光。她比我印象中胖了些，脖子上有了细纹，搽了厚厚的粉底，灯光一照，脸色看起来有些惨白。

玻璃转盘上摆着满满当当的烧烤，熟食凉菜都有。门敞开着，服务员手举托盘，扯着嗓子吆喝："烤羊腰子要不？"康明说，来五串。朱荻说，你们吃，我不用。潘东海笑起来，朱荻妹妹确实不需要，那就四串吧。康明倒了杯啤酒，推动玻璃转盘，正好来到我面前。他举起酒杯说，老林，走一个？大家响应，纷纷举起酒杯碰在了一起。我估计太渴了，仰起头咕咚咕咚把酒干了。康明说，好家伙，酒量长进不少啊。我自嘲道，我几斤几两你最清楚。施然说，长夜漫漫，别太着急嘛。我巡视一圈，发现他们各自脸上表情都有些异样。我来之前，他们肯定喝过一轮了。靠门那面墙的墙脚摆了四只空酒樽，浅绿色的玻璃樽码得整整齐齐。不消说，这是施然干的，他有洁癖，还有强迫症，除了他，谁会干这么无聊的事？

酒过三巡，气氛升温，从前那种熟悉的感觉又回来了。康明问我，你老母亲最近怎么样？我说，挺好，前些天来北京了，基本在家待着。康明说，多带她出去走动走动。我说，会的会的。康明知道我不愿多说母亲的事，便换了话题，问我最近有啥情况没，说完将目光移向朱荻，又意味深长地望我一眼。潘东海和施然附和道，就是嘛就是嘛，有啥情况没？我当然知道他们说的情况是指什么。十几年前这帮家伙就想撮合我跟朱荻。他们觉得我一个做文学研究的，和写小说的朱荻正好般配。处得好，以后就是钱锺书杨绛那样的文学伉俪。我离婚那阵子，他们大感意外，过后，又满心希望我跟朱荻再续前缘。我说，我们俩又没在一起过,续什么前缘啊。那年朱荻刚好和谈了几年的男朋友分手了。原本他们都打算结婚了,临到领证那天,朱荻却打了退堂鼓,收拾行李跑到新疆去了。男朋友气糊涂了,把手里捧的鲜花摔在地上,踩了个稀巴烂。

我没有理会他们的调侃,转而说起母亲到陶然亭替我相亲的事,他们听完,哄堂大笑。

他们怂恿我单独和朱荻碰杯。我举起酒杯,朱荻回敬我,我们默默地把酒干了。康明说,对头对头,你们两个久未谋面,是该喝一杯。朱荻习惯了被他们开涮,她瞪了康明一眼,差不多得了啊。我和她相视一笑。她摸起桌上的那盒黑壳中南海,抽出一支给自己,一支给我。我拿起桌上的打火机帮她点上。她的头侧过来,我立即闻到一抹淡淡的香水味。她右手夹着烟,左手食指和中指在我手背上轻快地触了两下,以示谢意。

酒局到凌晨一点多才散。康明喝多了,脸涨成了猪肝色,施然趴在桌上睡过去了,潘东海开始唱起歌来,只有朱荻面不改色。我往厕所跑了几趟,想吐吐不出来,弯腰趴在蹲厕边直喘粗气。潘东海找服务员结了账,康明抢不过他,把他训了一顿。我们勾肩搭背从烧烤店出来,外面温度很低,冷风兜头灌着。康明走过来紧紧抱了我一下,满嘴酒气说,明天下午研讨会,别忘了啊。我想着明早还要接儿子,便胡乱应承下了。潘东海帮康明打了辆车,把他塞进去。施然走路直不起身子了,朱荻扶着他,用手机帮他约了辆的士。我们合力将他送进后座。潘东海叫我们别管他,他抽着烟,竖起大衣领子,消失在夜色中。

烧烤店旁边的便利店亮着灯。路面空寂,车辆稀少,偶尔有车疾驰而过,灯光打过来,我看到朱荻的眼睛红红的。我问她怎么走。她说,不着急,抽支烟吧。我感到胃一阵难受,冷风一吹,忽然想吐。她的烟还没到我手上,我已经猫着腰冲到路边的绿化带,"哇哇"往下吐着秽物。

朱荻拎着一瓶矿泉水走到我身后,让我漱口。我接过矿泉水。朱荻蹲在路边,一手托着腮帮,看着我笑了起来。我口腔里满是酸臭味,漱了口,接过她递来的纸巾,在嘴上胡乱擦着。这个场景似曾相识。我忽然发现,很早之前就熟悉不过的表情,慢慢地在朱荻脸上浮现了。她将了将头发,站起身,把手伸给我。我抓住她站了起来——她的手软软的,掌心握起来有股温润的触感。

4

吐过之后,我彻底清醒,但朱荻说什么也不愿我独自回家。她和我打了同一辆车,说要先送我回去,看着我上楼才放得下心。我故意逗她,为什么对我这么好?朱荻扑哧一笑,看你可怜啊。

的士上车窗紧闭着,车里播着单田芳的《白眉大侠》,声音开得很低。司机接单的手机不断跳出调度的信息,和单田芳混浊低哑的嗓音混在一起。

我们聊了些彼此的近况。朱荻说,你今晚喝得有点猛,是不是有什么心事?我说,没呢,明早要去火车站接我儿子。朱荻问,小家伙现在怎么样?上次见他还四处乱窜,像只小猴子一样。我说,快上初中了,一年来一次北京,待个十来天就回去。朱荻感慨道,时间过得真快,当年我还见过你妈妈呢,她做的芥蓝炒牛肉很不错,我到现在都记得那种味道。那是儿子的满月酒,我请康明他们来家里,母亲做了一桌好菜招待他们。那也是刘玫第一次见到朱荻。席上刘玫和朱荻没什么交流,他们走后,刘玫幽幽地对我说,我觉着这个朱荻挺有故事的。我说,写小说的嘛,没故事怎么写?刘玫摇摇头,我不是这个意思,我是说她看起来不一般。刘玫没有继续说下去,转身进房里陪孩子了。但我知道,她担心我跟朱荻走得太近。那段时间,她忽然变得极其敏感和脆弱,总担心我会有外遇。

我和朱荻说起这些,朱荻笑得前仰后合。

我问朱荻,记不记得我们怎么认识的?

朱荻说,还没醒酒呢,开始追忆往事啦?

我说,就是想起来,随口一问。朱荻说,没记错的话是朋友介绍的,再说了,这个问题不重要吧?我说,你讲得不对,这个问题很重要。

朱荻问我怎么个重要法。我想了想,头头是道地说起来。

我到北京念书的第一个秋天,和康明他们到怀柔远足,朱荻也在当中。朱荻那阵子刚从出版社辞职,赋闲在家,打算做编剧挣点钱，业余时间写写小说。远足是由一位叫马晓军的朋友牵头的。此人我不太熟，后来疏于联系，只记得是北京人，也是康明他们在鲁迅作家班的同学。马晓军是个户外活动爱好者，看班上的人平日里大多伏案写作，疏于运动，便动员大家出去走走，爬爬山，赏赏枫叶，有益身心健康。当时我刚到北京，对什么都新鲜好奇，康明于是把我也喊了去。至于为什么没去香山，而是选择怀柔，大概是因为香山游客太多，而怀柔偏远，还未被游客占领。

抵达时是下午，天下着雨，山区人烟稀少，雨丝被风吹着，飘飘洒洒落下来，很快打湿了头发。山庄建在半山腰，我们乘坐的面包车开不进去，停在路边，余下的路需要步行。山庄有六间房，围栏圈起来，当中是块水泥地，靠路边方向围栏边上搁着两只吊椅。水泥地旁边一块高出地面的休息区，上面用铁皮棚遮盖起来，里面摆了五张塑料圆桌，椅子凌乱地摆放，靠最外围的墙根砌了一排烧烤架。除了我们，还有其他客人，两个孩子蹲在铁棚底下玩耍，伸手承接落下来的雨水，再将手心的水甩出去。

我站在山庄大门口远眺，草木还未凋落，远山石径，烟雨迷离，半山上颜色深浅不一，几间房子点缀在山脚下，看起来一派静谧祥和。

山庄进门左手边是相连的两间房，里面设有供客人用餐的包厢。入住后，马晓军给山庄主人派烟，和他交代晚饭的事。

山庄主人是个脖子很粗的中年人，头不知道怎么了，总是偏向一边。我们一行六人，朱荻和康明单独住一间，其他人分住另外两间。房间简陋得很，靠墙一张土炕，土炕上的枕头脏兮兮的，床套被褥也不太干净。每间房间带浴室，外加一台电视机，就是全部摆设。我和施然住的那间，门锁是坏的。马晓军说，不用怕，这里深山老林的，不会有小偷，再说了，山庄里还养着两条大狼狗呢。经他这么一说，我才注意到，房后头还有一排棚屋，分别是澡堂和厨房。大狼狗被铁链锁在墙角，只要人稍微一走动，它们就大声吠起来，听着叫人瘆得慌。我问施然，放着两条大狗在这里，晚上能安心睡吗？施然说，或许晚上它们就不叫了。我说，那样才可怕。

我们说话的间隙，朱荻手插口袋，站在屋檐下看着淅淅沥沥的雨，一言不发。

天很快黑下来，山庄陷入一片安静之中。雨打住了，我朝四周看了看，冷气袭人，天上也不见一粒星辰。山脚下的人家亮着灯，在蒙蒙雾气中看起来如此渺远。我们在包厢吃晚饭。那个歪脖子的山庄主人从前在部队里当厨子，一家人经营这家山庄，生意时好时坏，不过晚饭的伙食确实不赖。我印象最深的是他们家的烤羊排，香酥可口，羊骚味混着辣椒粉，非常入味。包厢里有两箱啤酒、两瓶五粮液。啤酒喝不完，五粮液倒是干掉了一瓶。包厢没有暖气，热食很快凉了，坐在椅子上，感觉如坠冰窟。康明提议到他的房间接着喝，其余人看时间尚早，又无其他活动，都欣然同意了。山庄主人备了些干果，马晓军扛着剩下的一箱啤酒，康明拎起五粮液，余者各带自己的酒杯。

朱荻裹了件黑色羽绒服，脚上的帆布鞋沾了泥水，她扎了马尾，脸颊冻得红红的。我对这个刚认识的朋友印象不错，她脸上总挂着微笑，脾气很好，和她说话时，总会认真地望着你，眼神又干净又凛冽。康明和我说，朱荻是作家班的编外人员，几次课她都去旁听，很快和大家熟起来。闲聊中，我得知朱荻十二三岁就出过书，是个年少成名的文学苗子。康明和朱荻介绍我，说我是写评论的一把好手。我让朱荻有空的话送本作品给我拜读。朱荻说，以前出的书全当废品扔了，回头给你新写的小说，请你批评。

康明住的房间比我们大，土炕上摆了张矮矮的四方桌，我们脱了鞋爬上去围坐一起。康明给朱荻起开一瓶啤酒，朱荻没用酒杯，握着酒瓶直接喝。我第一次见到土炕，很是新奇，坐在炕上，屁股烫烫的，浑身暖。大家喝酒抽烟，聊些有的没的的话题，很是快活。康明下炕，开了半扇窗透气。夜风灌进来，把烟雾带出去一些。

康明给我们说起了文学掌故。他长得高高大大，有燕赵慷慨悲歌的遗风。我们这些人中数他对小说最为痴迷，肚子里装的全是墨水。年轻时他在银行上班，写小说是中学时便喜欢的，一直偷偷写。大学毕业后在银行坐了十几年的班，其间结婚、生小孩，孩子大了，手头有了些积蓄，这才下定决心辞掉工作，从银行出来，认认真真地做起小说，自此一发不可收。那年他三十六岁，和鲁迅写《狂人日记》一个年龄。康明家里堆满了从各地淘来的书，他喜欢西方小说，尤其痴爱意识流那一套，在他看来，乔伊斯才是二十世纪最牛的小说家。为了把乔伊斯钻研透，他每年都要把《尤利西斯》读一遍，仔细抄写其中的经典段落。这让我一个从事文学研究的感到汗颜。

说到兴头上，康明眼底放光，他的声音低沉而富有磁性，我们听他说话，好像被带离到某个地方，那里和生活隔着遥远的距离。他说，光聊这些也没啥意思，这样吧，大伙儿轮流说故事，都是写东西的，说故事是看家本领，每人讲一个，看谁讲得最好。大家觉得这个提议不错，这年头谁肚子里没点私货呢？只有我觉得难堪。毕竟这里只有我不是写小说的。我搜肠刮肚想着待会儿要说些什么。马晓军插话道，占人曲水流觞，我们这是围炉夜谈啊。潘东海说，不对，要叫围炕夜谈。施然哈哈一笑说，这还不是人家薄伽丘《十日谈》玩剩下的？

朱荻说，你们先讲，我得酝酿酝酿。

马晓军抢着说，尊重女士，从我这儿开始吧。

我向朱荻回顾和描述这段在怀柔远足的经历时，她认真地听着。我时不时地打量她的侧脸，从她的反应来看，她大概不记得这段往事了。听我说完，她反复地向我确认细节，追着我问，你说的这些是真的吗？我真的讲过这样的故事？

5

如今时过境迁,要一字一句复述那晚大家讲的故事,已然不太可能。在朱荻的追问下,我简要地概括了那些故事的轮廓。不过由于记忆淡薄,故事的来源、具体情节无法展开,我用英文字母代为标记,同时把叙述者的人称抹去,统一作客观记述。除了我和朱荻的故事,余者转录如下:

A. 某天深夜,山西某矿区,开铲车运送煤渣的司机在厂区门口被一辆自行车挡了道。司机下车查看,不见人。由于赶着作业,司机没当回事,继续开着铲车进了矿区。隔天,一名女子的尸体在作业区被工人发现了。厂区报了案,警察调查监控,发现前一晚失事的女子掉进了铲斗,昏迷过去。铲车司机将车开进车间,铲斗运煤时,女子被滚烫的矿渣包裹起来。这名女子系矿厂工人,育有一子一女,享年四十六。

B. 有位热爱骑行的驴友,年过四十,从二十二岁起,每隔三年都会绕青海湖骑行一圈。第六次骑行时,他路过一个牧区,中途车爆胎,他下车查看,发现车胎损坏严重,一时半会儿修不好,身上背着的水壶没水了,干粮也吃完了。这时,他望见不远处有个步履蹒跚的老妇人。中年人走过去,向老妇人讨水喝。老妇人将他带至附近家中,帮他把水壶灌满水，又煮了一碗面给他，面里下了牛肉和葱花，加了辣椒油之后，浓香可口。中年人吃了面，感动得热泪盈眶，他告诉老妇人，这碗面有他小时候熟悉的味道，多年没有尝过了。老妇人听完，告诉他，这是她儿子最喜欢的，可惜他没有机会吃了。经过一番交谈，中年人告诉她，他小时候被人拐走，卖到山东一户农民家里，多年来寻亲不遇。老妇人说，她儿子走失时正好五岁。两人做了亲子鉴定，发现他们正是失散三十多年的母子，当即抱头痛哭。

C.某青年人自幼喜欢动物，不喜与人打交道，成年后，他在北京动物园当动物管理员。这家国内最大的动物园始建于清光绪二十三年，当时称为"万牲园"，慈禧太后和光绪帝曾光临此地。动物管理员饲养过金丝猴、狞猫和猞猁，也喂过大象，有一年被发怒的大象鼻子甩伤，锁骨开裂。多年来，他和动物相处，最令他感慨的是人们投喂动物的恶习。投喂群体中，老年人占了相当大一部分，其中有个老大爷，几乎每周末都到动物园来，背了一堆食物四处投喂。管理员提醒他，动物喂食有科学依据，有些食物并不适合动物。老大爷不高兴，反驳道，你懂个屁，我一招呼它们就过来了，它们和我亲。后来动物园加盖了玻璃护栏，但上有政策下有对策，游客竟然带着又细又直的挂面朝通风口里塞。老大爷来过几次，因为通风口太高，他够不着，再后来，他就不出现了。动物管理员听说，老大爷吃了安眠药，死在了床上，几天后尸体发臭，才叫人发现。家里养的狗咬掉了他身上的一块肉。

D.内陆某偏远省份，民间至今仍留存配冥婚的习俗。有户农家新近死了人，死者是家中的小儿子，二十出头，因打架斗殴被人敲伤了颅骨，送至医院，抢救无效。家人悲痛万分，这个小儿子还没谈对象，做父母的不能眼巴巴看着他在冥府还独身，于是找乡间阴阳先生求助。阴阳先生收讫红包，当下指示，甘肃天水某乡某村有一山坡，山坡上有块半人高的巨石，巨石旁的坟地埋了一具女尸，刚入土，五行八字恰好匹配，可速往迎娶。家人听罢，连夜出发，果真在第二天寻到阴阳先生指示的地方，趁着夜色，偷偷将女尸掘起，偷运回乡，配成冥婚。

我到现在都记得，那晚山庄空寂，偶尔传来几声犬吠，每个人脸上都好像闪着光。朱荻听完，半信半疑地和我说，除了动物管理员那个，其他听起来像是民间传说。我说，确实如此，不过你猜猜这四则故事分别是谁讲的？朱荻略作思忖说，第一个是潘东海，第二个是施然，第三个拿不准，可能是康明，也可能是马晓军。我说，你猜得大致不错。动物管理员那个是康明讲的，马晓军是北京人，但不见得能讲好北京的故事。朱荻颇有些得意，进而补充说，经你这么一提，我倒好像想起来了，当年大家对小说倾注了很大热情，尤其是康明，他特别希望能写出好东西来。以前他们班上还有彻夜不睡埋头写的，每个月都有小说发表，真是着了道了。

我说，我小时候冒过当作家的念头，后来知道自己不是那块料，就转去做研究了。

朱荻说，你确实适合走这条路啊，记忆力好，那么久远的事都记得。我解释道，那时我准备写篇文章，谈小说与故事生成的关系，听大家讲故事，有启发，回屋就记到了本子上。朱荻问，那篇文章写成了？我摇摇头。朱荻说，可惜了，我还挺想读一读的，哎，你说这些故事，有没有可能是当时大家酝酿中的小说雏形？

我说，据我了解，他们并没有写下其中任何一则故事。

等红绿灯时，的士司机忍不住插话道，兄弟你们是干啥的？我说，我们是文字工作者。司机嘿嘿笑了一下，你说的故事怪有意思的。原来这一路，司机的心思不在单田芳老先生身上。去年老先生去世时，有人哀叹说又一位大师离开了，一个时代结束了。我不知道怎么接司机的话，只好说，故事嘛，真真假假，都是编造的。

朱荻说，你快说说你的故事，还有我的。

我说，先说你的吧。

那晚轮到朱荻时，她显得很紧张。康明催促，朱荻，该你了。朱荻把烟掐灭，给我们讲了发生在未来中国的故事。有家科技公司研发了一种新技术，这种技术致力于数据收集与分析，尤其是针对人的潜意识，以此做出行为预测，甚至实现操控和干扰人类行为的意图。后来，这家科技公司依据这项核心技术，发明一款"焦虑贩售机"，操作方式和普通贩售机一样，只要刷脸就能完成交易。不过和普通贩售机区别在于，这款贩售机的支付货币是"焦虑"，也就是说，用户支付焦虑，贩售机返回等值的虚拟票券，使用这种票券，可以购买不同等级的快乐。那时人口膨胀，房价高涨、医疗和教育资源稀缺，通过大批量生产焦虑贩售机，弥漫于整个社会上的焦虑症得到了有效控制。

朱荻只是讲了个大概，与其说她讲的是个类似科幻的故事，不如说更接近一个创意，而故事是有无数种可能的，它可以被赋予反乌托邦的意涵，也可以衍生出其他结局。总之，当晚围绕朱荻的创意，我们七嘴八舌争论许久。

听我讲完，朱荻恍然大悟，我那时候特别迷《黑客帝国》《银翼杀手》这些科幻电影，满脑子都是赛博朋克、母体、黑客啊什么的，可能受了影响。我说，现在看来，你的故事是最有前瞻性的，我们今天的生活不就是这样吗？

我问朱荻，现在科幻挺火，你不打算写？

朱荻说，这个热闹我就不凑了，我现在对你的故事最感兴趣。

我理了理思路，开始和朱荻说起来。

我的故事是从父亲那里传下来的，主人公是我从小没见过面的祖父。据我父亲说，祖父生于一九一八年，年纪轻轻就已是乡里远近有名的医生。内战爆发时,乡里频遭兵痞流氓骚扰,一时间人心惶惶。祖父颇有些威望,有本地乡绅护着,家里并没有遭到什么劫掠和破坏。祖父一生不近政治,没有加入任何党派,不过他的挚友是个国民党高级军官,祖父曾经医好这位军官母亲的妇科病,他大为感激,将祖父引为知己。内战结束后,国民党败局已定,这位军官决定携家人先暂居香港,再绕道去台湾。临行前,他托人送来一纸通行证,要我祖父一同出走。当时我父亲还小,祖父向来为人坦荡,自觉没有任何道德和政治的污点,因此也就无迁居异乡的必要。随信附送的还有军官赠予我祖父的金条。当时通货膨胀很厉害,金条是不得了的财物。祖父说他无功不受禄,就让送信的把金条送回去。那人是军官的贴身随从,他不敢违抗命令。几番推却不过,祖父只好将金条收下,并嘱托那人回复军官,等局势明朗,他一定将金条原样奉还。

建国后,祖父藏有金条的事不知怎么传出去了,一传十十传百,下乡的工作队要祖父交出金条,坦白他跟国民党反动派的关系,但祖父拒不承认,不肯道出金条的下落。这事让祖父从此戴了顶"勾结国民党反动派"的帽子,遭到严重批判。安稳的日子没过几年,"反右"开始,金条的老问题又被人给重新翻了出来。我听父亲说,那些年家里没个安定,三天两头运动,人活得像过街老鼠一样。到了"文革",祖父被下放劳改,无数次检讨,无数次通不过。我出生前,祖母已经去世了。父亲那时和家庭划清界限。我出生后不久,祖父才得以平反,但父亲自觉对我祖母的死负有责任,心有愧疚,不敢面对祖父。祖父那时患了眼疾,肝脏也出了毛病,熬不过一年,故去了。

说着说着,我的语气不觉间沉重起来。大家听完,竟都有些沉默。

我说,人的命运是很奇怪的,拐过一个点,就不知道朝向哪里。

康明是听者中触动最大的,他说,果真这样,就听不到你的故事了。

我现在想不起来,当时为什么会和大家讲这些。我和朱荻说,我要是跟你们一样会写小说,一定把这段家族史写出来。

朱荻靠在的士后座,微微闭着眼说,原来是这么回事……后来呢,金条的事弄清楚了吗?

我说,谁知道呢,那时时局动荡,说不定金条早就不见影子了。祖父去世前,也没有向谁透露金条的下落。这件事或许是个荒谬的玩笑,可它切切实实存在过。有一次我回乡过年,专门跑到县档案馆查县志,翻了些材料,但那个国民党军官的事根本无迹可寻,问起其他老辈人,也没人能够说出个所以然。祖父的故事,只是口口相传才被记住。我当时还想,说不定在香港能找到一些蛛丝马迹。

朱荻说,你去香港的话,别忘了把我捎上。

6

回到家中,母亲已经睡下,房门大敞着——她在老家习惯了睡觉不关房门,我走过去,轻轻把门带上了。洗了澡之后,我躺在床上迟迟无法入睡。耳边充斥着各种纷乱的声音,有时是刘玫,有时是康明他们,有时又是朱荻。他们的身影在我眼前晃动着、交叠着。我感到自己置身在一个巨大的旋涡中,他们以我为圆心,绕着转动。我想找出当年记录故事的笔记本,爬起来翻箱倒柜,连个影子也没找着,倒是翻出来一张和刘玫的合影。那是在秦皇岛拍的。我想起为数不多的几次在秦皇岛的经历,结婚后是陪着刘玫和孩子去过年,结婚前则是在暑假期间去找她。刘玫家在离港口不远的地方,我们走路散步,总是能闻到空气中弥漫着的浓郁的花生油味道。刘玫指着马路对面,看到没,那儿是这里最大的食用油加工厂,味儿就是从厂区飘出来的,方圆几公里都能闻到。我记得刘玫说过,她母亲是这家油厂的员工。开始时我觉得这股味道很香,过了一段时间,闻到味道就开始头晕、犯恶心。我抱怨道,生活在这种地方,能受得了吗?刘玫说,习惯了,久入鲍鱼之肆不闻其臭嘛。

刘玫和我逛到堤坝那边,日光照耀下,海面广袤无垠,堤坝延伸到远方,船舶若隐若现,闪着粼光。秦皇岛港口有直达韩国仁川的游轮,我问刘玫去过韩国吗?她摇摇头。我说以后一起去吧。但这个愿望至今也没有实现,以后再也没有机会了。

结婚后我们疲于应付家庭琐事，连个蜜月旅行都不曾有过。我不知道刘堃在秦皇岛生活得习不习惯，他离开北京之后，我就再也没有去过秦皇岛。

或许刘堃早就适应了那股浓烈的食用油气味，那股气味或许会伴随他一生。

隔天我起个大早，和母亲到北京南站接儿子。刘堃比上次见面，又长大了些，个子蹿得挺高了，理了个板寸头，鬓角刮得光光的，露出青色的头皮。他的羽绒服是红色的，帽子耷拉着，上面缝了一圈蓬松的棕色绒毛。从出站口出来时，他一手拉着哑光的黑色行李箱，另一只手抓着手机在看视频，看也没看我们一眼。母亲见到他，激动地说，阿堃长大了，都快认不出了。母亲拉了拉刘堃的手，对他嘘寒问暖，他抬眼看了看，侧了侧身子，把手甩开了。

我装作什么也没看到，走过去帮刘堃拉行李箱。他拽住行李箱的拉杆不放，说，我自己能行。我只好放弃。他走在前，母亲在后。我趋步向前，像个接站员那样领着他们去打车。

刘堃会讲点潮汕话，这是他身上仅存的一点与母亲和我都有关的印记。他牙牙学语的时候，母亲成天带他，和他讲方言，他耳濡目染，自然学会了，虽然发音不太标准，有时说着说着还卡壳（遇到这种情况，他就换成普通话），但这是除了普通话之外他唯一掌握的方言。刘玫当时极力反对，不过见我没发话，也只好睁只眼闭只眼。好在孩子语言能力不错，很快能够在两套语言系统中切换自如。对此，母亲很是欣慰。但她没有想到，语言这东西都是用进废退，刘堃长久不用方言，渐渐地就不会说了。

　　回家途中，母亲问刘堃，高铁上吃东西了吗？刘堃用普通话回答，吃了。母亲又问，你在北京待几天？和我们一起过年吗？刘堃还是用普通话说，看情况。母亲说，你不是会讲潮汕话吗？刘堃说，忘得差不多了。母亲这时有些恼怒起来：堃啊，你不能忘了，你是林家后代啊。母亲话音刚落，刘堃的声音从我背后传来，阿嬷，我不姓林，我姓刘。语气颇不耐烦。我心里极不舒服，强忍住才没有开口训他。母亲沉默着，气氛一时陷入尴尬。我的心抽了一下。看来刘玫对孩子的改造很成功，不知在他心中，还有没有我们这些家人。

7

　　刘堃问我他睡哪里。我打开房门，说你睡这里。冬日阳光透过窗户照下来一小块，新铺的床单似乎还散发着阳光的味道。刘堃把行李箱推进去，躺倒在床垫上，鞋子还没脱，地板上留下他淡淡的脚印，灰尘在光柱中飘曳着。我和刘堃说，你不能用这种态度和你阿嬷说话。刘堃说，我真的不会说潮汕话。我说，我也不指望你以后孝敬老人家，但这是个礼貌问题。刘堃悻悻地说，知道了。接着，他一个鲤鱼打挺从床上坐起来，盯着书桌上的台式电脑看。我说，去年新换的显示屏。刘堃问我密码，我告诉了他。他下了床，拉开靠背椅坐下来，往后伸了个懒腰，把电脑屏幕点亮，输入密码，开始摆弄起来。我问他，坐了那么久车，不去洗个澡？他说，不洗了。吃点什么吗？刘堃说，不吃。

我绕过他，在床上坐下来。他侧过身子看了看我，有事吗？我说，没什么，想和你聊聊。刘堃说，别搞得像老师家访一样，我不吃这套的。我说，看来你没少在学校惹事。刘堃警惕道，刘玫是不是跟你说什么了？我说，我和你妈的关系还没好到这种地步。刘堃说，那就没什么好聊的。我问他，这次是你主动提要来北京的？他"嗯"了一声。

刘堃并不喜欢来北京，往年基本都是刘玫强行将他送来的。他嫌北京太大了，出趟门要一两个小时，不像秦皇岛那么方便。我和他说起补习英语的事，他直截了当告诉我，刘玫说过以后要送他去国外念大学，现在不想浪费这个时间。我质问他，不学好英语出什么国？他说，要学也是雅思托福什么的，我不搞应付考试的那一套。我哭笑不得，雅思托福也是考试，你这算什么逻辑？

他被我驳得无话可说，可还是犟着性子说，反正我不学，我是放假来玩的。

我说，这样吧，我和你签个协议，我不给你找家教，你也别告诉你妈，成吗？刘堃说，成。我说，你给我老老实实的，电脑该玩玩，作业也要按时完成。我寒假没事，有的是时间和你耗。

我话还没说完，他打断我，再说吧。我看到他盯着电脑，右手握着鼠标前后滑动。唉……你这台电脑配置不行啊，玩游戏会卡，下次换台苹果吧。

我说，别你你你的，说话前不懂得加个称呼吗？

好的，林老师。

我抬起手，做出打他的动作。他反应迅捷，脖子一缩，躲开了。

从书房出来，我看到母亲坐在沙发上，眼睛红红的。她抬起手抹一抹眼睛。我知道，母亲对刘堃的表现失望透顶。她满心期待看到阿堃，但阿堃像是变了一个人，已经不和她亲近了。这事放在谁身上都难受。我坐下来开解她：妈，你别往心里去，这个年龄段的孩子都是叛逆的，过几天熟悉了就好。

母亲说，熟悉？阿堃小时候不是这样的，要我抱着才肯睡觉，醒来不找他妈，就要找我。

我说，那时他还小，现在不一样，长大了。

母亲说，长大了就可以不认祖归宗了？连我这个阿嬷也不放在眼里。

我怕再说下去母亲情绪会崩溃，她已经目睹我失去了一段婚姻，现在又遇到孙子这样，够难受的了。我抽了张纸巾递给她擦眼泪，走到阳台抽烟。

我想起母亲在北京住的那几年，虽然她和刘玫不和，但平时任劳任怨，替我们减轻了不少负担。孩子上幼儿园前，母亲和刘玫母亲照顾孩子，我可以专注于自己的工作。周末到了，一家人到奥森公园散散步，或者去商场转转。我没考驾照，也一直没有买车。刘玫几次催促我去考，都被我以各种理由搪塞过去。刘玫说有了车以后接送孩子上下学方便。我告诉她，孩子往后上学就在大学的附小附中，走个路就能到，用不着开车。

这是我一贯的作风，但凡能从简的，绝对不倾注多余精力，面对生活琐事时，尤其如此。我这种处事态度，间接影响了我和刘玫的感情。结婚前我们常年分居两地，刚开始生活到一起，不管生活习惯还是价值观，都有许多差异，后来越吵越厉害，两个人像是剥开了外层的皮肉，露出身上丑陋而赤裸的内芯。我们吵架的时候，也不顾及母亲是否在场。母亲劝说不止，只好钻进房间，把自己关起来。孩子两岁时，父亲突发心梗去世，我带着妻儿回乡奔丧，料理完后事，母亲再跟着我回京，打算就此长住一段时间。那段时间她沉浸在丧偶的悲恸中，经常坐在阳台上晒日头发呆。由于语言沟通不畅，她很少与外人交流，每天除了出门买菜，就是待在家里伺弄孩子。家人是她能够说话的唯一对象。

孩子上幼儿园那年，母亲觉着她可以放开手脚了，提出要回乡里去。

刘玫说，老人家回去还有大哥照顾着，总不能一直待在北京养老吧。

现在母亲坐在沙发上,看起来那么瘦小。时间仿佛走了个循环,又回到了从前。发生过的事情,又发生了一遍。母亲回来了,刘堃也回来了。这个家似乎重新焕发了生机。但理智告诉我,一切都和从前不同了。母亲老了,头上的银丝越来越多,背佝偻着。刘堃长大了,往后人生路如何,现在犹未可知。而我呢,是不是真的应该像母亲说的,重新寻个对象,建立新的家庭?这个问题横亘在眼前,像一道深渊,我收回目光,不敢再往下凝视。

8

我给康明发了条微信,告诉他母亲和儿子来京,我要陪着,研讨会去不成了,望他见谅。他回复,你先忙,回头联系。稍后,我又给朱荻留言,问她晚上可有空来家里吃饭。信息发出去后,我觉得后悔,但撤回已经来不及了。过了很久朱荻才回复说她在研讨会现场,吃晚饭的话赶不上了,要不这边忙完,去你家坐坐?

我给朱荻发去家里的地址,暗中期盼她能如约到来。

那年孩子满月酒过后,她就没有再来过我家了。我邀请朱荻来家里,还有另外的考虑。按理说,我离婚后独居,母亲尽可过来住下。我向母亲提起这件事,她总说年纪大了,在老家待着挺好,还有街坊邻居可以走动。我只好作罢。这次老人家不远千里赴京，摆明了想抓住一切机会打动我，让我恢复对再婚的信心。我希望朱荻的到来能让母亲宽宽心，不再就这件事瞎折腾。

下午出了太阳，天气晴好，小区到处是推着婴儿车晒太阳的家长。我说服刘堃跟我们出去逛逛，别整天盯着电脑看。学校每到假期，都会有大批游客进来参观，有游学团，也有旅行社带的队伍，喊喊喳喳的，十分热闹。逛到人工湖时，刘堃看到整个湖面都结了冰，说要下去走走。我说你没看见那里的牌子吗？禁止游客下去。刘堃说，反正没人看见。我拗不过他，只好陪着他下到冰面。从冰面上望下去，可以瞥见冰层中缠结的水草和枯折的荷花枝杆。母亲在岸边的长椅上坐着晒太阳。刘堃穿着雪地靴，在冰面上走得飞快，时不时踢一踢湖面上的冰碴。我让他小心点，他没有听我的，把雪地靴当冰鞋，走几步，往前滑几滑。

我们在冰面上走了几个来回。我告诉刘堃，夏天这里会开满荷花，非常漂亮，可惜现在冬天，看不到了。刘堃说，荷花谁没见过呀，不稀罕。我问他，你读过《荷塘月色》吗？他说，课外读本有，老师还要我们背诵。我和他说，这就是文章里写的那个荷塘。刘堃狐疑地看我一眼。我说，没骗你，不信你回去电脑上查查。我指着对岸一座汉白玉雕像问他，看到没，那就是作者。刘堃停下来，站直了，羽绒服帽子上那圈绒毛被风吹动，轻轻摇晃。他从湖上捡起一块拳头大小的冰碴，贴在眼睛上，对着太阳仔细地看。接着趁我不备，他的手高高举起，将冰碴朝对岸扔过去，啪嗒一声，冰碴正好落在雕像上。

这一幕恰好被巡逻的保安撞见了，他远远地朝我们吼了句，冰面上禁止走动！

刘堃哈哈笑起来，咯噔咯噔往回走，手脚并用地爬回了岸上。

我从湖面返回，保安走过来，呵斥我说，你们做家长怎么搞的，放着孩子胡来吗？损坏公物，可是犯法的！

我羞愧得无地自容，给他递了支烟，向他赔不是。

看见保安训我，刘堃站在边上，脸上挂着若有若无的笑。

保安走后，刘堃说，没意思，我要回去打游戏了。母亲没见过这种场面，生怕我当场爆发，催促我说，回去吧回去吧，天冷了。

刘堃摇头晃脑，大迈着步子往前走。

我跟在后头，压着嗓子教训他，别得意忘形。

晚上在中关村吃北京菜，我一点胃口也没有。母亲尝了几口北京烤鸭，频频向我抱怨，这种东西怎么能吃呢，还没有我做的卤鹅卤鸭好吃。我想起来，以前带母亲吃过一回，很不喜欢，我怎么把这事给忘了？刘堃对吃的倒不怎么挑，他喝了一碗皇坛子，又解决了两块烤羊排。母亲看着他大口嚼肉的样子，劝他慢点吃。母亲问我你怎么不吃。我说我不是很饿。刘堃摆明了跟我作对,看他狼吞虎咽的样子,我不知道说什么,索性什么也不说了。

　　我坐立不安,时不时拿出手机看,估算着康明研讨会的进度。我想象着康明发言的样子,其他人对他的赞美以及善意的批评。我想象自己若在场,会就康明的作品说些什么。我后来转去做晚清文学,对当代文坛愈加生疏。朋友给我寄送他们新出的作品,我大多只是翻一翻便束之高阁。按照以往经验,研讨会应该早就结束了,主办方接下来还要招待与会人员吃饭。眼下,他们或许在前往餐厅的路上,或许刚落座不久,正准备吃起来,席上说不定还继续聊着小说,说些不咸不淡的玩笑话。我知道自己关心的不是研讨会,而是朱荻何时能离席。我眼前浮现出朱荻的样子,她小我几岁,我们认识那年,她才二十几,如今也要迈向中年的门槛了。往后她会怎样呢?我不免遐想起来。这种遐想从心底冒出来,像个易碎的泡沫,叫人隐隐不安。

　　从酒楼出来时天色已晚,附近的美食街人来人往,刘堃想进去溜达,被我严令喝止了。

9

　　入夜后,城市换了一副和白天迥异的面孔。街上除了车,很少有行人走动。我们打车到小区门口,走路回家。气温降到零下了,刘堃把帽子戴起来,拉链拉上。母亲的棉大衣抵御不住这种冷，我把手套给她戴着。围巾将她的脖子捂得严严实实的，露出来半张脸，她额头皱纹深一道浅一道，看起来像干枯的柚子皮。

刘堃刚进屋，羽绒服还没来得及脱下就冲进书房。

母亲在阳台上收了衣服，进浴室洗澡。我靠在沙发上看电视，左等右等，也不见朱荻的消息。这么晚，她怕是不会过来了。我未免一阵失落。康明他们想撮合我和朱荻，但朱荻恐婚这事我早有耳闻。她读初中时父母离异，母亲改嫁给一个画家，过起了阔太太的生活。她和画家丈夫到国外度假，会让朱荻飞过去陪他们。有时是土耳其，有时是匈牙利，有时是里斯本。这些年，朱荻的情感状况神秘莫测，没人知道她是不是谈过新的男朋友，或者拥有秘密情人。以往的聚会，她都独自出现，即使后来认真谈过一段，我们也没有见着她的对象。她很少和我们谈起自己的事，关于她恋爱的那些情节我们只是道听途说。

我正胡思乱想着，门铃突然响了，我一个激灵从沙发上站起来。

朱荻提着一只纸袋和挎包，抱歉说来晚了。进门后，她一手扶着墙，一手脱下齐膝长靴。我给她拿来拖鞋，她没穿，踩着袜子径自走到沙发边坐下。

朱荻问我酒起子在哪儿，说着打开纸袋，拎出来一瓶红酒。在灯光下，我看到她脸颊绯红，想必今晚已经喝了不少。

我问她，还喝啊？

朱荻说，喝啊，有事和你说。

这时，母亲洗完澡从浴室出来，头发湿湿地耷拉着。她穿着睡衣，浴巾挽在手臂上。我事先没有告诉母亲朱荻会来。看到朱荻，母亲很是惊讶。朱荻向她打招呼，她点头致意。母亲已经看到桌上摆着的红酒了，对这个场面似乎很满意。她用方言和我说，酒别吃太多。朱荻问我你妈说什么。我翻译给她听，我妈叫我们多喝点。朱荻咯咯笑起来，你妈真有趣。

我顺着话头说，朱荻，我妈把你当成我新处的对象了。

朱荻脸上闪过诧异，她不是见过我吗？

我说，她只见过你一面，记不住的。

朱荻凑过来低声问我，老林，你这是闹哪一出？

我做出个举手投降的动作：你行行好，我是不得已才出此下策啊。

朱荻释然了，难怪你妈要去陶然亭给你相亲。

我朝她笑笑，开了红酒，各倒了半杯。母亲不知什么时候钻进厨房，再出现时，手里捧着一盘切好的苹果。她脸上挂着笑，用不太标准的普通话说，吃吃吃。朱荻说，阿姨麻烦您了。

朱荻问我，小家伙呢？我说，躲在房间打游戏呢。说着，我走过去敲门，刘堃应了声，什么事？我说，家里来客人，出来打个招呼。刘堃将房门敞开，探出头，看到坐在沙发上的朱荻，有气无力地叫了声"阿姨好"。

朱荻说，好久不见，长成小伙子了。

我瞪了刘堃一眼，他头缩回去，砰的一声把门关上。

我问康明的研讨会怎么样。朱荻抿了一口红酒说，实话和你说，康明的书，我也是到了现场才拿到。他们没给你寄书？朱荻摇摇头。我说，你这么晚来，又带着酒，看来今天聊得不够尽兴啊。

朱荻神秘一笑，总算让你抓住重点了。

我们碰了碰杯。

朱荻卖起了关子，昨晚你和我讲的那几个故事，我印象很深，今天参加研讨会，你猜怎么着？

我的好奇心被她勾起来了。

朱荻说，康明竟然把那些故事一个个全写成小说了！

我被这个爆炸性的消息弄得有些晕眩。我打断她，等等，你是说，康明新出的小说集，写了当年大家讲的故事？

朱荻重重地点头。

施然和潘东海难道就没看出来？

朱荻说，这也是我觉得奇怪的地方，现场除了我没人发觉这个情况，大家就像得了健忘症一样。

我让她说说具体的细节。朱荻说，本来我只是去凑凑热闹，毕竟康明也挺久没有出新作了。主持人请康明先说说这部小说集的由来。康明说，他想等大家聊完再发言。我坐在后排听大家谈，会上有人概括了小说集里几篇故事的内容，听着听着，我来了兴致，那里面至少有几个故事和昨晚你讲的一模一样。

或者这么说吧，康明把那些故事揉碎了，像面包糠一样撒进去。我翻出书来，迫不及待地看起来，虽然没有全部读完，但我不得不说，康明化腐朽为神奇，把那晚的故事全给写活了。

我觉得很有意思。康明昨晚临走前还特意嘱咐我去参加研讨会，他肯定希望听到我的评价。不过很可惜，我没有读，也没有为他写下批评文章。

我问朱荻，小说集带了吗？

朱荻说，带着呢，在包里，我还以为你读过了。

我说，潘东海给我寄过，我翻过一篇，要是读完，早就发现他的秘密了。朱荻从包里取出书来。自从上个月拿到书，我还没有好好地揣摩过。我迫不及待地看看我的故事被他写成什么样。这本小精装的集子，在灯光照耀下，散着迷人的气息。书名叫《金蝉》，封面上绘有一只蝉，线条干净利落，采用了烫金的工艺，摸起来质感极好，几根树杈水墨画般斜斜地印在封面上，风格是写意的，虚实相间，颇有韵味。腰封上有三位文学界前辈的"联袂推荐"，此外还罗列了康明获过的文学奖项。

朱荻说，你的故事是里面的压轴篇目。

我翻开书，目录一共列有八篇小说。朱荻说，我们的故事都在后面。我看了后面六篇，篇名分别是：

3. 生还
4. 青海湖

5. 动物管理员

6. 篡命

7. 推销员

8. 金蝉

朱荻说,康明这家伙真神,我那个焦虑贩售机的故事,他是从贩售机推销员的视角来写的。

我问她写得如何?朱荻说,确实不赖,借了个科幻的外壳,内里还是有他自己的思考。

我把杯里剩下的红酒喝完,咂摸着整件事的来龙去脉。

朱荻感慨说,我们这些人其实都写不太动了,来来去去不过是些俗套的东西,创造力最旺盛就那几年,后面基本上靠着惯性在写。有时我挺沮丧的,觉得写作毫无意义,多写一篇少写一篇,真没什么区别。

我问朱荻怎么看待康明这个行为。

朱荻面露难色,你的意思是说他抄袭,偷了别人的创意?

我摇摇头,从经验和小说的关系来看,这种事算不了什么,小说嘛,道听途说,经验是可以共享的。再说我们当中没人写,只有康明动手了,将二手经验转化成文学。故事源头来自别处,但水流进他的容器,他接了,就是他的。

朱荻陷入沉思,你说得挺有道理,如果没人写,再好的故事也只能让时间淹没,慢慢消失。

我把小说集捧在手中，反复打量着，眼前出现康明那张线条硬朗的脸，他眉目带着浅浅的笑意，像是把自己的形象也印在了封面上。

10

送走朱荻后，我身体乏累，却丝毫没有睡意。这两天发生的事太过密集，凌乱得很，不过仔细捋一捋，又像榫卯一样，严丝合缝。我想起朱荻说的——康明把那些故事揉碎了，像面包糠一样撒进去。我们的生活不就是这样吗？鸡毛蒜皮，重复拖沓，所有人最后都会让时间碾成齑粉。如果不及时记录，就什么也没法留下。小说家这辈子要做的就是跟时间赛跑，看谁能跑过它，将它远远甩在身后。

刘堃还没睡，我去书房把自己那本《金蝉》取出来。屋子里安静得很，头顶的吊灯发出轻微的嗞嗞声。我坐到沙发上，翻开最后那篇读了起来。这个故事，一定在康明心中酝酿了很久。不然，他不会隔了这么长时间还对它念念不忘。我想起当年在山庄小小的房间里，一群人围坐，轮流说故事，康明听完我的故事激动不安的样子。我想那一刻，一定有什么深深地击中了他，那颗种子落在心底生了根，慢慢萌芽，直到多年后开花结果。

我慢慢地读了起来。康明把我变成了小说中的叙述者，借由我的目光来追溯祖父的生平，但他用的却是第三人称。小说的写法并不复杂，用了双线叙事，娓娓道来，颇有些元叙事和家族小说的意味。开篇是引用了一通虚构的信札，年轻后生和远在海峡对岸的一位老教授的鸿雁往来，老教授是祖父赴台之后结交的挚友，他追忆了当年受国民党军官委托，接应祖父的经过。康明在小说中，篡改了祖父既定的命运，同时巧妙地将金条置换成"金蝉"（这样显得更有象征寓意）。在那个决定命运的时刻，祖父接受了国民党军官相赠的"金蝉"（金蝉共有一对，一只留给祖母，一只由祖父随身携带，小说里对金蝉的来龙去脉有细致描摹），选择了逃亡。通过考据一些原始档案和资料，年轻后生逐步拼凑出祖父当年去台湾的经过——如何与审查官周旋，如何用那只金蝉行了贿赂，最后成功搭上轮渡过海。整个过程写得惊心动魄，耐人寻味。故事的结尾，年轻后生完成了父亲的遗愿，找到了"金蝉"，和秘密传下来的那只凑成了一对。《金蝉》的篇幅相当于一部中篇小说，内地的人世浮沉（留下来的祖母遭受批斗，父亲成年后脱离家庭，年轻后生对身世之谜的耿耿于怀）和祖父流亡的片段（五十年代祖父远渡重洋赴美）遥相呼应，像两股绳索，在小说结尾终于拧到了一起。

小说中的那些人，康明明明没有见过，却能把他们写得活灵活现，他对那个时代的物候、世相以及人性，洞悉到了令人惊叹的地步。

我读得很慢，恨不得故事可以无限延长，永远不要结束。

读到最后一句话时，我像被从黑暗深处袭来的利箭刺中心脏，久久无法平复。这是多年以来从未有过的阅读体验，康明的文字有股阔大气象，克制有力，这在他们这一代小说家中很是难得。最打动我的，还不是他对祖辈生存困境的摹写，而是他在行文中对我内心生活精准的把握。

读到最后，我情绪激动地站起身，在屋子里踱来踱去。我想起父亲去世满三年，我清明回乡扫墓。墓地上长满了山草，母亲拿着镰刀，我和大哥各扛一把锄头，把墓地清理出个样子来。我半跪着，用油漆给墓碑描红。祭拜结束后，我们母子三人在坟前的水泥埕上烧冥纸。天气很热，没有风，纸钱烧得很旺，母亲站在烈日下，忽然自言自语道，你们兄弟二人莫恨你爸。我和大哥被这话吓了一跳，半晌说不出话来。母亲说，你爸生前过得不快乐，要不是因为你阿公的事，他年轻时候有机会留洋的。那年代什么都看成分看出身，不然你们说，我一个半文盲，怎么会嫁给他。我们辛苦一辈子，无能给你们带来什么，你们什么都要靠自己……我们，唉，真是没用……

说完，眼泪从她脸上啪嗒啪嗒掉下来。

多年后的这个夜晚，母亲在父亲坟前说的那番话重又幽幽地浮现出来。父亲当了一辈子农人，守着几亩薄田，靠种植蔬菜水果，支撑起我们这个家。自我记事起，他每天都勤勤恳恳，话不多，沉默得像头牛。小时候，父亲和我说得最多的话，就是好好读书，他只要一有时间，就坐下来给我们讲古。大哥贪玩，听不了几段跑开，只有我托着腮帮，仔细听完。我们兄弟二人各自成家后,父亲就再也没有下地种田,但他还是闲不下来,总想着干点什么。我在北京求学的时候,有一天母亲突然给我打来电话,说父亲在乡里"出名"了。我听得莫名其妙,问她怎么回事。母亲像是不敢相信自己说的话,我听见她说,你爸他,居然会拉手风琴!我一听,立刻来了兴趣,就让她仔细讲。母亲说,镇上要举办国庆会演,在文化广场排练,有个拉手风琴的演员休息,你爸背着手走过去问他能不能拉一下。那个人看你爸穿得土土的,说话时露出一口黄牙,起初不同意,你爸就说,我不会弄坏的,你相信我。然后,他就真的把手风琴挂好,拉了一首什么《喀秋莎》!文化广场上看热闹的人越聚越多,连那个演员也惊呆了。

母亲的话让我像是发现了新大陆,《喀秋莎》是苏联卫国战争期间广泛传唱的名曲。父亲那代人,是吃着苏联文化的奶水长大的,尽管如此,我仍旧无法将扛锄头的父亲和拉手风琴这件事联系起来。也正是从那时起,我对父亲的过去产生了浓厚的兴趣,可惜每次追问,他都只是轻描淡写,不肯透露太多。我东拼西凑,才从旁人和他口中撬出一些线头,慢慢捻成团。

我问母亲,你希望父亲走上另一条路吗?母亲在电话里欲言又止。

她知道,我想问的其实是自己。

母亲说,都是没办法的事,命这东西天注定,你是你爸的儿子,你爸又是你阿公生的……

父亲去世后,我和母亲很少谈起他,他像隔在我们中间的一堵透明的墙。母亲说父亲过得不开心,因为他的人生被锚定在了这块土地上,早早规定好,从年轻时,就一眼望到尽头。甚至,他可能对母亲并没有什么感情。生活不给他机会,他只能顺着走。想起这些事,我忽然感到背脊一阵发凉。

过世多年的父亲,连同他的形象,层层叠叠,在这个阒静的夜,像被风晃动的烛火在眼前一跳一跳。再低头看康明的小说时,那些文字斜斜的,从纸上爬起,紧紧地将我攫住。康明知道我内心的苦楚,知道我的迷惘。我在现实生活中无法得到的渴望和想象,他都在小说里帮我达成了。这种体验异常奇妙,又隐隐透着危险。我开始分不清故事里哪部分是虚构的,哪部分是真实的。

11

接下来的一个星期,我随身带着康明的小说集,得空了就捧起来读。余下七篇,也很快读完。那篇《金蝉》是集子里最耐人咀嚼的,无论是情节还是叙事,都充满了张力。更难得的是,这个故事是从我身体里取出来的,拧成形,塑成了我的另一个分身。我翻来覆去,又把小说读了几回。康明的文字扎在了我心里,也将我从一个遥远的地方拉回到文学身边。那几天,我一有新的想法,就和朱荻通电话,讨论康明小说中的细节。我们像是回到了先前为小说痴迷的时光，并且谁也没有戳破，很默契地替康明保守了"秘密"。我和朱荻一致认为，这部小说集代表了康明迄今最高的水准，单凭一篇《金蝉》，他就能跻身大师的行列了。

有一天，朱荻听我说完家族的故事，沉吟许久，你应该和你妈妈说说这件事。我说，没有必要了。母亲不想提这些事自有她的道理，老人家这辈子吃过不少苦，她不愿意下一代人再重复老一辈的路。

康明离开北京那天给我打了电话，说我没去成研讨会，他觉着很遗憾。我安慰道，你的这部小说集很好，《金蝉》我尤其喜欢。他向我道谢，声音听起来十分愉悦，我听出他似乎想和我继续聊小说，但我抢在他前头，问他接下来有什么写作计划。

康明答，目前还没有。

但我知道，总有一天，他会写出自己的《尤利西斯》。

那几天，时间过得飞快。白天，我陪同母亲和刘堃外出，晚上待在家里读书，同时构思一篇康明小说集的评论。我们祖孙三人走了北京的几处景点，我在商场给刘堃买了双纪念版的篮球鞋。那是除了游戏之外，他唯一喜欢的东西。我从他脸上看到年幼的自己，眉眼、脸型还有神色，都有点像我。然而他不是我，他这辈子要走的路终究和我不一样。想到他和我说刘玫以后要送他到国外念书的事，我竟有些释然了。

我们去卧佛寺的时候,母亲说自己百年的话,骨灰要进佛堂。说着说着,不知怎的,她主动讲起祖父的事,她说老人家去世时,父亲没有去送他,她看到父亲跪在地上,朝着东方重重磕了几个头。几年后,祖父得到平反,家里才重新摆上他的牌位。

我说,这事你怎么从来没有说过。

母亲说,都是过去的事了,我怕再不讲,以后就没机会了。

从卧佛寺回来的第二天,我再次请朱荻到家里吃饭。

母亲做了朱荻喜欢的芥蓝炒牛肉,牛肉是用生粉勾芡过的,入口爽滑,朱荻吃了,赞不绝口。

开始时,刘堃对朱荻的态度很冷淡,他故意在我们面前和刘玫通电话,还开了视频,通报他在北京的生活,大大小小的事,一件也不落。朱荻找话题和他聊天,他总是有一答一,绝不多说一句话。我几次想教训他,都被朱荻拦下了。朱荻说,老林,孩子不懂事,不要怪他。这么一来,刘堃更加有恃无恐了。

母亲对朱荻印象很好,她用一口蹩脚的普通话,和朱荻讲我小时候的趣事,听得朱荻云里雾里,大笑不止。看到母亲的心情慢慢恢复,我感到欣慰,尽管她被蒙在了鼓里,不知道朱荻其实是我请来江湖救急的。

除夕前一天,刘堃回秦皇岛过年。我和母亲送他去机场。下了车,他拉着行李箱朝前走,头也没有回。我追上前去,叫住刘堃,把包里那本康明的小说集塞给他,叮嘱他以后有机会仔细读一读。刘堃一脸错愕，不过他还是把书收下，放进了书包里。我和母亲站在航站楼大厅，望着他的背影，直到确认他通过了安检，才开始往回走。快过年了，航站楼里都是返乡的旅人，广播不断播着航班信息。母亲走在我身边，忍不住掉泪。阿堃走了，下次见面，不知道什么时候。我说，明年这时候，你还能见到他。

我知道，我和刘玫离婚，刘堃一直心怀不满。但铸成的错误无法挽回。我和刘玫走了那么远，已经没有力气走下去了。离婚前夕，刘玫问我，你是不是对我没有感情了。我沉默。刘玫说，别的我都不要，孩子归我。我还是沉默。那时刘堃还很小，像个皮球一样被人扔来扔去。现在他长大了，我其实很想告诉他，有些人不适合一起生活，所以注定会分开，希望他不要怪我们。

从机场回家的路上，我隔着车窗望着外面灰蒙蒙的天，乌鸦成群飞过，树影快速往后撤退。我忽然觉得，这段日子发生的事像极了一个梦。刘玫、刘堃、朱荻、康明，他们的声音在我耳边依次响起。我记起刘堃问我的那个问题，你和朱荻阿姨会结婚吗？母亲在场，我不能说实话，也不能说假话，只好告诉他，大人的事，以后你自然会知道。

图书在版编目（CIP）数据

神童与录音机 / 林培源著. —— 北京：北京十月文艺出版社，2019.8
ISBN 978-7-5302-1974-4

Ⅰ. ①神… Ⅱ. ①林… Ⅲ. ①短篇小说 - 小说集 - 中国 - 当代 Ⅳ. ① I247.7

中国版本图书馆 CIP 数据核字（2019）第 140246 号

神童与录音机
SHENTONG YU LUYINJI
林培源 著

出　　版	北京出版集团公司
	北京十月文艺出版社
地　　址	北京北三环中路 6 号
邮　　编	100120
网　　址	www.bph.com.cn
发　　行	新经典发行有限公司
	电话 (010)68423599
经　　销	新华书店
印　　刷	河北鹏润印刷有限公司
版　　次	2019 年 8 月第 1 版
	2019 年 8 月第 1 次印刷
开　　本	850 毫米 ×1168 毫米　1/32
印　　张	8.5
字　　数	160 千字
书　　号	ISBN 978-7-5302-1974-4
定　　价	49.00 元

质量监督电话　010-58572393
如有印装质量问题，由本社负责调换

版权所有，未经书面许可，不得转载、复制、翻印，违者必究。